文春文庫

あなたのためなら

藍千堂菓子噺

田牧大和

文藝春秋

あなたのためなら　藍千堂菓子噺

目次

主な登場人物

藍千堂
- 晴太郎――気弱だけれど心優しい菓子職人で藍千堂の主。
- 幸次郎――晴太郎の弟。キレ者で藍千堂を仕切る番頭。
- 茂市――晴太郎と幸次郎の父の片腕だった菓子職人。

- 佐菜――娘のさちと二人暮らしだったが、晴太郎に嫁いだ。
- さち――佐菜の連れ子。訳あって五歳で晴太郎の実の娘ということに。

清右衛門――江戸でも屈指の上菓子屋、百瀬屋の二代目。晴太郎兄弟の叔父。

お糸――清右衛門の娘で、晴太郎兄弟の従妹。幸次郎に思いを寄せる。

伊勢屋総左衛門――薬種問屋の主。晴太郎兄弟の父の親友。

岡丈五郎――南町定廻同心。藍千堂の焼き立ての金鍔が大好物。

彦三郎――清右衛門が連れてきたお糸の婿候補。鋳物職人の許で見習い中。

あなたのためなら

藍千堂菓子噺

扉絵　鈴木ゆかり

遣らずの雨

かんだへ越してきて、「お菓子のおじちゃん」が「お父《と》っつあん」になった。

幸《こう》おじちゃんも、茂《も》市《いち》おじちゃんも、いせやのおじちゃんも、みんな優しい。

おっ母《か》さんが、楽しそうで嬉しそうだ。

自分の歳が、どうしてひとつ減ったのか分からなかったけれど。おっ母さんを助けたくて、早く大きくなりたかったたから、歳がひとつ減ったのは哀しかったけれど。

それでもおっ母さんが優しく笑っているので、まあ、いいやと、思った。

これからきっと、楽しいことばかりが待っている。

本当は、すぐにでもおじちゃんを「お父っつあん」って呼びたかったけれど、おじちゃんも、ほかのおじちゃんたちも、おっ母さんも、「ゆっくりでいいから」と、さちに言った。

さちは、なんとなく、すぐにおじちゃんを「お父っつあん」と呼んではいけないような気になってしまった。

ゆっくりって、どれくらいだろ。

あした。それともあさってなら、いいのだろうか。

それさえも、さちの楽しみになった。

さちには最初《はじめ》から「お父っつあん」がいない。

寂しいと思ったことはなかった。時々、街中で、さちと同じ歳頃の子が、男の大人を嬉しそうに「お父っつあん」と呼んで、甘えているのを見かける時は、ちょっとだけ羨《うらや》ましかったけれど。

それより、さちに「お父っつあん」がいないことで、おっ母さんが辛い思いをしていることが、哀しかった。

さちに「お父っつあん」が出来て、その「お父っつあん」が、さちもおっ母さんも大好きな「お菓子のおじちゃん」だったら、おっ母さんはきっと喜んでくれるだろう。

だから、もうちょっと待って、おっ母さんの前でお菓子のおじちゃんを、「お父っつあん」と呼ぶんだ。そうしたら、きっとびっくりして、そして笑ってくれるだろう。

いつにしよう。

あした。それとも、あさって。

迷っているうちに、さちに初めて、友だちができた。はっ、ちょう、ぼりのお兄ちゃん、お姉ちゃんとは違う、さちと同じ歳の女の子で、さちに、「友だちになろう」と言ってくれた子。

名は、おとみちゃん。

おとみちゃんにも、「お父っつぁん」がいないのだと教えられ、「さちも一緒」――本当は、少しだけ正しくないのだけれど――と打ち明けた。

おとみちゃんとは、すぐに仲良くなった。

新しい家の裏にある原っぱや、おとみちゃんの家の近くの橋の周りで、遊んだ。

原っぱでは、花を摘んだり蝶々を追いかけたり、おしゃべりしたり。

橋の周りでは、橋を渡る人たちを眺めた。あの人は、どんな人で、兄弟は何人。今日の夕飯のお菜は何。猫を飼っているのか、鳥を飼っているのか。

そんなことを、当てっこした。

川にも行ってみたかったけれど、おっ母さんと茂市おじちゃんに、「子供だけで川へ行ったら危ないから、いけない」と言われていたから、辛抱した。

そんなある日、原っぱでおとみちゃんと花摘をしていた時のことだった――。

＊

「おや、また雨でございますね、おさち嬢ちゃま」

茂市の声が、嬉しそうに弾んでいる。

晴太郎《はるたろう》は、笑いを堪《こら》えた。

今年の桃の節句から梅雨もそろそろ明けようかという頃に至るこの三月《みつき》、『藍千堂《あいせんどう》』とその周りはめまぐるしく変わっていった。

『藍千堂』は、神田相生町《あいおいちょう》の片隅に店を構える上菓子司《じょうがしつかさ》だ。主《あるじ》の晴太郎と、晴太郎の父の代からの職人、茂市の二人で菓子を作り、晴太郎の弟、幸次郎《こうじろう》が算盤《そろばん》勘定、客あしらいから贔屓《ひいき》先回りまで、商い全てを仕切っている。三人で切り盛りする小さな店だが、暖簾《のれん》を出してから六年が過ぎ、「美味い」「美しい」「珍しい」と評判をとり、贔屓客も随分増えた。

けれど晴太郎は、子供や日々の暮らしにゆとりのない人々にも、「甘いもん」でひと時、幸せな気持ちになって欲しかった。

四文菓子や、晴れの日に少しの贅沢と思えば手が出るような菓子を売りたい。そんな我儘《わがまま》を、上菓子司『藍千堂』の看板に傷を付けないよう、様々な工夫や根回しをして叶《かな》えてきたのが、弟の幸次郎だ。

だから晴太郎は、晴太郎の勝手な望みを、文句を言いながらも概《おおむ》ね許してくれる幸次郎に、頭が上がらない。

茂市は、その兄弟を、笑いながら温かい目で見守ってくれる。

そうやって過ごしてきた三人の『藍千堂』に身内が増えたのが、この春、桃の節句の頃だ。

晴太郎に嫁が来た。

嫁と一緒に、可愛い娘も来た。

晴太郎の女房の名は、佐菜《さな》。武家の出だが、晴太郎と出逢った時は、絵師をして生計《たつき》を立てていた。

佐菜の連れ子は、さちと言う。明るく聞き分けの良い子で、六歳だが、訳あって「五歳」、晴太郎の実の娘、ということになっている。

住んでいた長屋で母娘《おやこ》は浮いていたこともあって、桃の節句の折に縁談が纏《まと》まってから、慌ただしく祝言を上げ、二人は神田へ越してきた。

越す、と言っても、晴太郎の住まいは『藍千堂』の二階で、干菓子の型や小豆《あずき》、砂糖の隙間でようやく男三人が寝起きしていたのだ。

とてもではないが、佐菜とさちは迎えられない。

幸次郎が「私と茂市《もい》っつあんは、勝手で寝起きしますから二階を使ってください」と、申し出てくれたが、それには晴太郎も佐菜も、首を横へ振った。

自分達が所帯を持ったことで、幸次郎や茂市に不自由をさせるわけにはいかない。

別の家を借りて、親子三人で暮らす。そこから晴太郎が『藍千堂』へ通おうと考えていたが、幸次郎にあっさり止められた。

——茂市っつあんが、寂しがりますよ。おさっちゃんと一緒に暮らすのを、楽しみにしてるんですから。

かといって、広い表店《おもてだな》へ店ごと移ることは、躊躇《ためら》われた。

『藍千堂』には、父の店、昔の『百瀬屋《ももせや》』と同じ砂糖の甘い匂いが、染み込んでいる。茂市の苦労や自分達の苦労、楽しかったあれこれと、共に。

さて、どうするか。

頭を抱えていたところへ、『藍千堂』の家主にして後見、界隈の顔役も務めている薬種問屋主、伊勢屋総左衛門《いせやそうざえもん》が、有り難い話を持ってきてくれた。

道を一本挟んだ西に、『伊勢屋』の持ち物の空き家がある。庭付きで、部屋数も勝手も、五人で暮らすには十分。一方、人通りの多い道ではないからそこで商いはしづらい。別宅や隠居宅として金持ちが暮らすには、いまひとつ地味で使い勝手も良くない。そんなこんなで、今まで借り手がなかなかつかなかったが、五人揃って家移りするかい、と。

そこなら、『藍千堂』は目と鼻の先で、雨や雪の日でも造作なく通える。

晴太郎は、飛びついた。

店は一日幸次郎と茂市に任せて、長い間人の出入りがなかった西の家を、佐菜と共に大掃除した。

埃《ほこり》を落とし、障子を張り替え、隅々まで拭き上げた。庭も荒れ放題だったが、佐菜が、おいおい手入れをすると言ってくれた。

襖《ふすま》や畳は、総左衛門が新しいものに取り換えてくれた。

こうして、五人揃って新しい家へ移り住んできた。更に、孫のようにさちを可愛がっている茂市が寂しくないようにと、昼飯時、佐菜がさちを連れて、店に顔を出してくれる。

佐菜は、『藍千堂』の勝手で昼飯を作り、仕事の傍ら慌ただしく飯を摂る晴太郎たちの給仕をし、片付けも済ませると、さちを店に置いて西の家へ戻る。

取り敢えず住めるようになったものの、手を入れなければならないところは山ほどあるのだ。

さちは、八つ刻《どき》まで店にいて、菓子作りを見たり、笑い上戸の茂市の相手をしたりして過ごす。そうして、八つのひと休みの前に、西の家へ戻っていくのだ。

『藍千堂』の八つ時、茂市と幸次郎、晴太郎で餡《あん》の出来栄えを確かめるために、焼き立ての金鍔《きんつば》を食べる。佐菜は、「それはお仕事だから、さちはだめよ」と娘に言い聞かせた。だから、さちは家へ戻ってから、佐菜とお八つを食べることになっている。

それさえも茂市は、寂しく思っているらしく、八つ刻に雨が降ると、嬉しそうにさちを引き留める。

「金鍔でも召し上がりながら、雨宿りしておいきなさいまし」と。

そうして、さちの為に小さな金鍔を、佐菜への土産に、自分達と同じ金鍔を焼くのだ。

「こういう雨を、『遣《や》らずの雨』と呼ぶんでございますよ、おさち嬢ちゃま」

金鍔の仕度をしながら、嬉しそうに茂市が語り掛けている。

さちが、幸次郎の膝の上で、ちょこんと首を傾けて「やらずの、あめ」と繰り返した。

「遣らずの雨はね、おさち」

晴太郎が答える。

『藍千堂』の男達は、競ってさちの相手をしようとする。「さちの座布団」の座は、幸次郎の膝が勝ち取っているので、話し相手を、茂市と晴太郎で争っている訳だ。

晴太郎は続けた。

「帰って欲しくないお客さんを、帰さずに済む雨のことだよ。『この人と、もう少し一緒にいたいな』と思う時に降ってくれる、嬉しい雨だ」

うーん、とおさちが戸惑った顔をした。

「さちは、茂市おじちゃんの、お客さんなの」

「そうですよ、嬢ちゃま」

茂市はまるで爺様《じじ》のように、焼き立ての金鍔を冷ましながらさちへ答える。はい、どうぞ、とさちに手渡し、繰り返した。

「嬢ちゃまは、あっしの大切なお客さんです」

「おんなじ家で、暮らしてるのに」

さちのもっともな問いに、茂市が詰まる。

晴太郎は、笑いを堪えた。

これじゃあ、俺がまるで笑い上戸の茂市っつあんだ。

佐菜とさちが来る前は、幸次郎と晴太郎の遣り取りを聞いて、笑い上戸の茂市がこっそり笑う。それが『藍千堂』のありふれた風景だったのだ。

しどろもどろで、茂市が答える。

「お客さんっていうのはねぇ、嬢ちゃま。大事な、大事なお人ってぇ意味です」

さちが、嬉しそうに笑った。

「だいじな、ひと。そっか」

このところ、さちは時折、前には口にしなかった言葉を使うようになった。そっか、も、そのひとつだ。どうやら、同い歳の友達が出来たらしいと、佐菜から聞いている。

晴太郎は、さちを茂市と幸次郎に任せ、金鍔を口に入れながら、作業場へ戻った。

さちの好物、南蛮菓子のかるめいらを作るためだ。

爺様には、勝てないもんな。

そんな風に思いながら、胸の奥のもどかしさを押し込める。

さちは、晴太郎をまだ「お父っつあん」と呼んではくれない。

一緒に暮らし始めた頃は、さちの様子から、すぐに呼んでくれるのではないかと、思っていた。一方、微かな戸惑いも感じられたので、「ゆっくりでいいから」とは言ったけれど。

ところが今は、呼んでくれる気配がまるでない。

慌てない。ゆっくり、近づいていけばいい。

題目のように心中で唱え、ほんの少し遠くからさちを見守ることにしていた。

さあ、とりかかろうか。

初めの頃、晴太郎がさちに菓子をつくるたび、佐菜は顔を曇らせていた。

小さな子供には、贅沢だ、と。

ある日、夕飯を五人揃って摂りながら、そんな話になった。

＊

「水臭いことを言わないでおくれよ、佐菜」

ずっと「お佐菜さん」と呼んでいたのを、佐菜、と呼び捨てにするのは、初め、随分と力が要った。けれど、それをきっかけに、佐菜も微かに恥ずかしそうにしながら、晴太郎を「お前様」と呼んでくれるようになったので、今では晴太郎はうきうきと、自分の女房の名を呼ぶ。

佐菜の、「はい、お前様」が聞きたくて。

いつも晴太郎を立ててくれる佐菜だが、さちの菓子のことは、頑《かたく》なだった。

「臭いとか、臭くないとか、そういう話ではありませんよ。お前様」

「臭いか否か」という言い様が面白くて、晴太郎は笑いを堪えた。佐菜は大真面目だ。

贅沢に慣れてしまっては、さちの為にならない。

そう、母は言うのだ。

確かに、そうなんだけれど。

言葉を探している晴太郎に助け舟を出したのは、幸次郎だった。

「ですが、義姉《ねえ》さん。菓子屋の娘が、菓子を滅多に口にしないのでは、示しがつきませんよ。まして、おさちは『藍千堂』の総領娘です。この先、後継ぎの男子《おのこ》が出来ても、それは変わりません。大きくなって嫁に行くにしろ、婿を取るにしろ、上等な菓子の味、『藍千堂』の菓子の味を知っておかなければ」

佐菜が、黙った。

晴太郎は笑いを、必死で堪えた。

もっともな理屈を偉そうに語っているが、幸次郎の腹の裡《うち》は分かっている。

茂市と晴太郎と同じ。「さちの喜ぶ顔が見たい」だ。

「何を笑ってるんです、兄さん」

むっつりと、幸次郎が晴太郎に訊いた。

「笑ってないよ」

「義姉さんも、笑わないでください」

「笑ってなぞ、いませんよ、幸次郎さん」

そう言い返した佐菜も、綺麗な口許が小刻みに震えている。幸次郎の胸の裡を読む技を、佐菜は早くも身に着けたらしい。

「まったく、こういう時に限って、似た者夫婦になるのだから、困ったものです」

ぷりぷりと怒る幸次郎を、佐菜が宥《なだ》めた。

「では、たまに、ということでしたら、いかがでしょう」

「うん、そうだね」

すぐさま晴太郎は女房を後押しした。

「たまのお八つに、いろいろ作ってやろう。それで、ゆっくり『藍千堂』の味を覚えてくれればいいよ。ねぇ、幸次郎」

むっつりと膨れたまま、幸次郎は言った。

「では、よろしくお願いします。兄さん、おさちには、飛び切りおいしいお八つを、頼みましたよ」

ぷう、と、とうとう、笑い上戸の茂市が盛大に噴き出した。

＊

かるめいらは南蛮菓子だ。普段、『藍千堂』では、誂《あつら》えとして注文を貰う他は、売りに出さない。見た目が素朴というか地味な割に、上等な砂糖を沢山使うから値が張る。どうしても売りにくいのだ。

『藍千堂』の味をさちに覚えてもらうなら、まずは、薯蕷饅頭《じょうよまんじゅう》か、誂え菓子のようなものの方が、と幸次郎や茂市は言ったが、晴太郎は、かるめいらにしようと決めていた。『藍千堂』の味の芯になっている、ふたつの砂糖。讃岐《さぬき》物と唐物《から》の違いを、まずは分かってほしかった。

そう二人に告げると、幸次郎に呆れた顔で「おさちを菓子職人にでもするつもりですか」と言われた。

そういうつもりはないけれど、砂糖の違いや味の工夫や菓子のあれこれを、もう少し大きくなったさちと話すのを、晴太郎はとても楽しみにしているのだ。

幸次郎には呆れられたし、茂市には笑われたが、さちのお八つは、無事、かるめいらから、ということになった。

砂糖に玉子の白身を入れて揉み混ぜ、水を入れて火にかけ、煮溶かす。しっかり溶けたら絹篩《きぬぶるい》で漉《こ》し、また煮詰めていく。

火から下ろす頃合いは、匙《さじ》ですくって薄く伸ばした時、薄氷《うすらひ》のように軽やかに割れるようになったら。

火から下ろしたら、擂粉木《すりこぎ》でする。ふわっと泡立ってきたら上に絹を掛けて休ませる。軽石のようになって、更に時を置いてから、鍋の中で砕いて、出来上がりである。

身もふたもない言い方をすれば、軽い砂糖の塊、という菓子なのだが、これがまた旨い。

砂糖の味がよくわかるし、嚙むと軽い歯ざわり、口の中でほろほろとほどけ、泡のように溶けていく様が楽しい。

さちにしてみれば、もう少し見た目も綺麗な菓子の方が嬉しいだろうと晴太郎は思っていたが、さちはかるめいらを大層気に入った。

まず、口の中であっという間に溶けていくのが、楽しいらしい。

それから、作っているところを遠目で見るのも、楽しんでいるようだ。「遠目」の訳は、茂市からは「火が危ない」と心配され、佐菜からは「お仕事の邪魔をしてはいけない」と言い聞かされているからだ。

さちのお気に入りは、火から下ろす頃合いを見極める時に、薄い砂糖の種を割るところと、擂粉木ですって泡立つ刹那《せつな》だ。

かるめいらは作り置きができる。今日はさちは茂市に金鍔を貰ったから、明日のお八つに、と晴太郎は思い立ったのだ。

絹を掛けたところで、晴太郎はさち達のところ、小さな板張りの勝手へ戻った。

身を乗り出していたさちが、顔を輝かせて晴太郎に確かめる。

「かるめいら、でしょ」

その後に、お父っつあん、と続くのではないかと晴太郎は待ったが、さちは、何かを呑み込むように、口を噤《つぐ》んでしまった。

まだ、駄目か。

落胆を隠し、晴太郎は笑った。

「ああ、そうだよ。あっちは、明日のお楽しみだ」

「うん。軽石みたいになって、それからもう少し、寝かせるのね」

すっかり覚えた、という得意げな顔で、さちは言った。言ってから小首を傾げる。

「かるめいらも、昼寝をするの」

ぷっと、茂市が笑った。

晴太郎も笑いながら、答える。

「そうだねぇ。昼寝をするのかもしれないね」

「起きたこと、どうやって分かるのかしら」

「歌を歌うんだよ」

「歌。さちも聞きたいっ」

「兄さん」

調子に乗った晴太郎を、幸次郎が苦い口調で窘《たしな》めた。

「おさちが真に受けるでしょう。妙なことを吹き込まないでください」

所帯を持っても、弟に叱られるのは変わらないなあ。

首を竦《すく》めて、晴太郎は幸次郎とさちに詫びた。

「ごめん、ごめん。でもね、おさち、砂糖も餡も、本当に歌を歌うんだよ」

「本当。どんな時」

目をきらきらさせて訊ねる娘の「いい顔」を見ると、つい、いい菓子職人になるかもしれない、なぞと考えてしまう。

女子《おなご》の職人は、辛いことばかりだというのに。

勝手な望みを腹の奥底まで押し込め、晴太郎はさちに答えた。

「火にかけて、煮詰めている時。ぷつ、ぷつ、って小さい声で歌うんだ。その歌で、出来上がりの頃合いを、知らせてくれるんだよ」

「知らせてくれるんだよ」の前に、「お父っつあんたちに」、と入れかけて、思い直した。焦ってはいけない。ゆっくり。おさちの間合いに合わせてやらなきゃ。

「そっか」、とさちは呟いた。

「じゃあ、さちは聞けないんだ」

がっかりしたさちに、晴太郎は「もう少し大きくなって、火のそばに来ても大丈夫になったら、聞けるよ」

真剣な顔で、さちは頷いた。

「雨が、上がったようですよ」

ずり落ちかけたさちを膝に乗せ直しながら、幸次郎が呟いた。

少し開けてある勝手口から見える水たまりには、先ほどまで雨粒がせわしなく小さな輪を作っていたが、今はすっかり静かだ。

茂市が、寂しそうな溜息を吐《つ》いた。

「やれやれ、もう嬢ちゃまと、お別れだ」

幸次郎に立たせてもらったさちは、とことこと茂市のところへ歩いて行った。菓子職人ならではのつやつやの手に小さな手を重ね、ほんの少し大人びた物言いで茂市に告げる。

「お仕事、頑張ってください。茂市おじちゃん。おうちで待ってます」

茂市の顔が、笑み崩れた。

「ええ。ええ。頑張りますとも」

「はい、これはおっ母さんに。金鍔だよ」

幸次郎が、金鍔の包みをさちに渡す。

「ありがとう。幸おじちゃん」

「気を付けてお帰り」

晴太郎が声を掛けると、さちが振り返った。

迷うように口を開きかけ、嘆み、もう一度口が動く。

なんだい、と首を傾げた晴太郎に、さちは小さく頷いて、店を出ていった。

「こんなに、この店は広うございましたかねぇ」

寂しそうに呟く茂市を笑いながら、晴太郎は引っかかるものを覚えた。

さちは、晴太郎に何か訊きたいことがあるのではないだろうか。


西の家は、二階建ての庭付き一軒家だ。店用の北へ向いた入口は塞ぎ、敷地の周りを南天の生垣で囲った。商いに使う板張りの間は、板戸を取り付けて広い納戸にした。『藍千堂』の二階にある小豆や砂糖、重い物をここへ仕舞うことにしたのだ。北向きで風通しが良く、人が過ごすには寒いし暗いが、菓子の材料を仕舞うにはもってこいだ。重い物だけでも移せれば、店の二階の床が抜ける心配もなくなる。

居間は一階の南に向いた一番広い部屋、晴太郎親子の寝間は庭に面した一階、幸次郎と茂市の寝間は二階だ。

丸い月が空高く輝く夜更け、晴太郎と佐菜は、縁側で二人、月見酒と洒落こんでいた。

さちは幸次郎にたっぷり遊んでもらい、疲れ切ってぐっすり眠っている。

所帯を持った頃、佐菜は晴太郎の斜め後ろに控えるように腰を下ろしたが、「侍の家ではないのだから」と、晴太郎は自分の傍らへ促した。

「お父っつあんとおっ母さんも、よくこうして並んで月や雪を見ていたっけ。俺や幸次郎が寝つくのを待って、二人でこっそり。たまに、俺も幸次郎も起きてることがあったけど、子供心に邪魔をするのが申し訳なくて、寝たふりをしてたんだ。閉めた障子の隙間から見える、寄り添った二人の背中ははっきりと覚えてる。二人とも酒が飲めないのに、おかしいだろう。でも、いつか俺が所帯を持ったら、お父っつあん、おっ母さんと同じことを、してみたかった」

佐菜が、何も言わずに晴太郎に寄り添った。

晴太郎の右側に、佐菜のぬくもりと柔らかさが伝わる。

少し迷って、晴太郎は佐菜の手に、自分の手をそっと重ねた。

くすりと、佐菜が笑った。

「何」

訊ねた晴太郎に、佐菜が答えた。

「お前様の手。ふっくら、つるつるとして、まるで童《わらべ》のよう」

「菓子を作ってるとね。何故だかこうなるんだよ」

ああ、いい匂いだ。

佐菜の髪の匂いが、晴太郎は好きだ。

また、佐菜が小さく笑った。

「今度は、何」

「お前様は、いい匂いがします。砂糖の甘い、いい匂い」

「それは、佐菜だよ。佐菜からはとてもいい匂いがする」

まあ、と呟いた佐菜の声は、心地よく晴太郎の耳をくすぐった。

「お会いしたかったと、思います。お前様のお父様、お母様に」

「うん。俺も会って貰いたかった。おさちにも会わせたかったなあ。そりゃあ、初孫を喜んだろうに」

重なった佐菜の手が、小さく震えたのに気づき、晴太郎は佐菜の顔を覗き込んだ。

月明かりに淡く照らし出される綺麗な横顔が、微かに曇っている。

「何か、気がかりでも」

「いいえ。何も」

自分の女房を窘める時、晴太郎はこういう呼び方をする。「さ」と「な」の間を、少し空けるのだ。

「さ、な」

ぷっと、佐菜が頰を膨らませた。晴太郎だけに見せてくれる顔が、愛しい。

「お前様は、ずるい」

少し砕けた物言いで、佐菜が文句を言った。

「そんな問い方をされたら、まるで自分が娘の時分に戻ってしまう心地がして、惚《とぼ》けられないではありませんか」

晴太郎は、緩みそうになる頰を必死で引き締めた。

佐菜はこの呼び方をすると、本当に娘のように可愛らしくなるのだ。拗《す》ねた顔。その後ろに透けて見える嬉しさ。佐菜は、晴太郎にそう呼ばれるのが、どうやら嬉しいらしい。

そんな佐菜を見るのが、晴太郎は楽しい。

ぽつりと、佐菜が訊いた。

「本当に、いいのでしょうか」

言葉の続きを、黙って待つ。

長い間《ま》の後、小さな声で佐菜が言った。

「本当に、あの子をお前様の本当の娘として、育てても――」

「今更だよ、佐菜」

晴太郎は、静かに女房の言葉を遮った。

掌の下にある、佐菜のほっそりとした手を思いを込めて握りしめる。

「あの夜。あのお方に、『さちは、手前の娘でございます』と告げた時から、さちは俺の本当の娘だ」

あの方とは、さちと血の繋がった父、佐菜の前の夫、鎧坂竜之介《よろいざかりゆうのすけ》だ。

佐菜は嬉しそうに少し笑ってから、俯《うつむ》いた。

「でも、さちを『藍千堂』の総領娘にしていただくのは。お前様とは血が繋がっていませんのに」

「『百瀬屋』の今の主は、俺のお父っつあんと血は繋がってないよ」

驚いたように、佐菜が顔を上げた。

「幸せな時に紛れて、今まで話してなかったね。身内だと言っていたのに、悪かった」

佐菜に詫びてから、父は祖父が京の潰れた菓子司から引き取った子であること、叔父が父と晴太郎を疎《うと》んじた訳を晴太郎は語った。

佐菜は、口を挟まず、静かに亭主の話に耳を傾けていた。

あの、剃刀《かみそり》のようだった鎧坂も、道具として扱う子さえ「実の子」にこだわった。血が繋がっているか、否かの執着は、佐菜も身に染みて感じているだろう。

武家は家名を残すこと、商家は暖簾を継いでいくこと。それと同じくらい、血を繋ぐ、我が子に自ら歩んできた道の先を託す、ということに、人は執着する。

まして、叔父の当代百瀬屋清右衛門《せいえもん》は、父の菓子作りの才にあこがれを抱いていた。同じ血が流れていることを、「いつか追いつける」という縁《よすが》にしていたのだ。

だから、叔父の鬱屈《うっくつ》は、晴太郎も分からないではない。

「でもね、俺は信じてるんだ。長い時を一緒に過ごしたお父っつあんと叔父さんは、美味い菓子を作るという、同じ方角を見ていた。叔父さんはお父っつぁんをずっと兄さんと呼び、俺達兄弟は、叔父さんと呼んできた。俺にも幸次郎にも、叔父さんや爺様から受け継いだもの、似ているところは沢山ある。だから、血が繋がっていようが、繋がってなかろうが、俺達はみんな身内だ。叔父さんは俺達の本当の叔父さんで、お父っつあんの本当の弟だ」

もう一度、佐菜の手を握り直し、告げた。

「だから、おさちとも、そうやって一緒に過ごしたい。幸次郎も茂市っつあんも、そう思ってる。ゆっくりで構わない。本当の身内に、『藍千堂』の娘になっていって欲しいと。いや、俺達はとうにおさちを本当の身内だと思ってるよ。後はそれをおさちが受け入れてくれるのを待つだけ」

晴太郎は、思い出して小さく笑った。

「もっとも、茂市っつあんとおさちの間には、少しばかりすれ違いがあるようだけど。おさちは茂市っつあんを、茂市おじちゃんと呼んでいるけど、茂市っつあんは、すっかり爺様だ」

佐菜が、柔らかく笑った。

「有り難いと、思っています。私とおさちを温かく受け入れてくださって」

うーん、と晴太郎は唸《うな》った。

「おさちのことは気長に待つけれど、佐菜は、その『受け入れてもらって有り難い』ってのを、なるべく早く取っ払って欲しいな。だって、他人行儀で寂しいじゃないか」

佐菜から、返事はなかった。

ただ、晴太郎の右肩に、ことりと佐菜の頭が載せられた。

困った。

晴太郎は、佐菜に気付かれないように、そっと息を吐いた。

このまま、一晩中でも、佐菜に動いてほしくなくなってしまった。

次の日の八つ前、お糸《いと》が『藍千堂』へやって来た。

「こんにちは。従兄《にい》さん達、茂市っつあん、おさっちゃん」

晴太郎と茂市は明るくお糸を迎えたが、幸次郎は、盛大に顔を顰《しか》めた。

「また来たのか」

と、憎まれ口を叩く。お糸はお糸で、悪びれもせず、怯《ひる》みもせずに言い返すのだ。

「あら、いけなかった」

「お前が来ると、おさちが怯《おび》える」

「まあ、失礼ね。頼もしい『姉さま』を捕まえて。ねぇ、おさっちゃん」

「あの、あの、こんにちは、お糸姉さま」

「はい、こんにちは」

よくできました、というような口ぶりだ。

実は幸次郎の言うことも、まんざら軽口だけ、という訳ではないのだ。

さちは、お糸のことがほんの少し苦手らしい。

それもその筈、お糸はさちに少しばかり厳しい。

叱ったり、邪険にしたりということは、決してしない。よく面倒を見てくれる。ただ、まるで自分と同じ年頃の娘のように話しかけ、諭《さと》すのだ。

「上菓子司の総領娘」としての、心得を。

そういうことは、まだ早いと、幸次郎に窘められても、晴太郎にゆっくりでいいからと宥められても、お糸は聞かない。いつものように、つん、と鼻を上へ向けて、勝気な物言いで言い返してくる。

「そんな甘いことじゃだめよ。総領娘は、生まれた時から総領娘なんだから。それに、三人、ううん、伊勢屋の小父《おじ》さんも入れて四人ね、みんな揃って、おさっちゃんを甘やかし放題なんでしょう」

三人揃って、うっと、詰まった。

幸次郎が開き直る。

「いいんだ、今は甘やかし放題で」

ふんだ、と、お糸は幸次郎に向かって鼻を鳴らした。

「いくら幸次郎従兄さんだって、総領娘の大変さは、分からないでしょう。おさっちゃんがこれから味わう苦労を分かってあげられるのは私だけ。だから、今のうちに、どういうことは真面目に受け止めて、どんなことは笑って聞き流し、あとでこっそり舌を出せばいいのか、教えておいてあげないと。私みたいに、家を飛び出したり、お父っつぁんと大喧嘩するような、困った娘になっちゃうわよ」

晴太郎は、胸の隅が鈍く痛むのを感じた。

お糸が家を出た時の哀しみも涙も、清右衛門叔父に逆らってぶつかった覚悟も、晴太郎は見てきた。

それを、こんな風に軽やかに、冗談めかして口にできる。お糸は、どんどん大人に、そしてたくましくなっていく。

幸次郎が、

「おさちが、お前のようになる。それは、大変だ」

と真面目な顔で軽口を言えば、お糸も大きく頷いて、

「そうでしょ」

と応じる。

このところの新しい『藍千堂』名物となった、二人の微笑ましいじゃれ合いだ。

晴太郎は笑いながら、口を挟んだ。

「助かるよ、お糸。でも、お手柔らかにね。少しくらい厳しくてもおさちは心配ないけど、茂市っつあんの心の臓が保《も》たない」

お糸は、気を揉んでいるのが一目で分かる茂市を見て、呆れたような溜息を吐いた。

「分かった。気を付ける」

頼んだよ、と笑いを堪えて声を掛けてから、おさちを呼んだ。

「昨日のかるめいら、出来上がったよ」

さちが、顔を輝かせる。

晴太郎は続けた。

「包みを二つに分けておいたから、友達にも分けてあげなさい」

「それは、駄目よ。晴太郎従兄さん」

ぴしりと、お糸が晴太郎を止めた。

びくりと、さちが体を震わせたほど、きっぱりとした物言いだった。お糸はさちの様子にすぐに気付いた。さちへ向き直って、肩に手を置き、柔らかな声で宥める。

「大丈夫。おさっちゃんを叱ったのじゃないから。でれでれに甘やかすだけじゃ、かえって娘に哀しい思いをさせるんだって気付かない、馬鹿なお父っつあんを叱ったの」

随分な言われようだ。

だが、黙っていろとお糸に目で再び叱られ、晴太郎は口を噤んだ。

いい、とお糸が、さちの目を覗き込んで、静かに、優しく語り掛けた。

「おさっちゃんは『藍千堂』の味を覚えなきゃならない。だから、お八つに甘いものを食べてるの。これは、おさっちゃんの仕事」

「さちの、しごと」

さちが、繰り返した。

お糸が、そう、と頷き、続ける。

「でもね、町場の子供達は、滅多に砂糖や餡は口にできないの。そして、いつもお八つに砂糖を使った菓子を食べるおさっちゃんや私を、羨ましく思う。それが仕事なんだって言っても、分かって貰えない。だからね、友達が大事なら、いつも砂糖を使った菓子を食べてることは、言っちゃだめ。話を聞くだけで食べられないなんて、可哀想でしょう」

「分けてあげるのも、だめなの」

さちが訊いた。

お糸の答えは、はっきりしていた。

「だめよ。その菓子は、おさっちゃんの物じゃないでしょう。仕事として、お父っつぁんや茂市っつあんから、渡されているだけなんだから」

優しいさちには、酷な話だ。

たまには、お裾分けも悪いことではないだろうに。高い菓子がだめなら、四文の菓子だってある。

けれど、お糸の言葉には、晴太郎が異を唱えられない力があった。

お糸が、ふと、気配を柔らかくして、訊ねた。

「友達が、出来たの」

うん、とさちが頷く。

「そう、よかったね。もし何か友達にしてあげたいな、と思ったら、そうね、花を摘んであげるとか、秋になったら綺麗な紅葉を見つけてあげるとかは、どうかしら。でも、大事なのは、一緒に楽しく遊んであげること。哀しそうにしていたら、話を聞いてあげること。友達にそうしてもらっただけで、おさっちゃんは嬉しいでしょう」

また、さちの頭が縦に動いた。お糸は続ける。

「友達には、自分でできることを、精一杯してあげるの。それが、ずっと仲良くすることよ」

お糸の言葉には、微かな悔いと自嘲が混じっているような気がした。

この娘は多分、そうやって、自分だけで色々なことを覚えてきたのだろう。悔しい思いや哀しい思いをしながら。

清右衛門叔父は、『百瀬屋』を大きくすることだけに凝り固まり、身内を顧みなかったようだし、叔母はそんな叔父を見守り、支えるだけで精いっぱいだった。

「それで、お前に友達はいるのかい」

よく考えずに訊いて、しまったと思う。

お糸の立場は、込み入っている。『百瀬屋』は敵が多い。よく思っていない人達なら、もっと多い。そんな上菓子司の一人娘だ。加えて、昔から、手習い塾へも足が遠のきがちだった。

友達を作るのが難しかったからこそ、おさちに、ああ言って聞かせられたのだろうに。

お糸は、何でもないことのように笑った。

「お生憎様《あいにく》。私、友達なんて要らなかったもの」

「お糸――」

詫びたら、お糸がなお傷つく。どう言えばいいのか。名を呼んだだけで二の句が継げない晴太郎に、お糸は涼やかに告げた。

「でも、この頃は女友達もいいものだなって、現に友達が出来てみて、思うようになった」

だからね、とお糸がさちに向き直る。

「友達は、大事になさい。大事っていうのは、覚えてるかしら」

さちは、即座に答えた。

「さちだけで、出来ることをしてあげる。お花を摘んだり、紅葉を拾ったり。それから一緒に遊ぶこと。お話を聞いてあげること」

「よくできました」

「まるで、何かの師匠のようだな」

幸次郎が、口を挟んだ。お糸が、幸次郎と張り合うように胸を反らす。

「勿論、そのつもりで来てあげてるんじゃない。西の家には佐菜従姉《ねえ》さんがいるから安心だけど、『藍千堂《みせ》』では心配だもの」

また、幸次郎とのじゃれ合いが始まりかけたところで、さちが、おずおずとお糸の袂《たもと》を引いた。

「あの、お糸姉さま」

「うん、何」

「お糸姉さまは、さちの友だちに、なってくれますか」

いきなり何を言い出すのやら。晴太郎も驚いたが、お糸はもっとびっくりしたようだ。

戸惑ったようにさちの顔を見てから、

「どうして」

と穏やかに訊いた。

さちは、俯いてしまって答えない。

仕方ない、という風に、軽い調子で告げる。

「友達には、なってあげられないかな。身内のようなものだし、なにせ、私はおさっちゃんの、総領娘修業のお師匠様だから。でも、時々なら、友達の代わりはしてあげられるわよ。紅葉拾いは、季節じゃないから、そうね、花摘にでも行こうか」

さちが、小さく頭《かぶり》を振った。

「じゃあ、ままごと遊びでもする。毬《まり》遊びでも、姉様人形遊びでも、いいわよ」

さちの首が、また横へ動いた。

お糸が、ちょっと面を引き締めた。

「何か、聞いてほしいことが、あるの」

さっと、さちが顔を上げた。訴えるようにお糸を見つめる。

「なぁに。言ってごらん」

それでも、さちは口を噤んだままだ。幸次郎が、お糸を目で促す。分かってるわよ、と言う風に、幸次郎へ小さく舌を出してから、言い添える。

「怒らないから」

あの、あのね、とようやく、さちが切り出した。何か言おうとして、思い出したように晴太郎を見る。

そして、再び俯いてしまった。

「やっぱり、いい」

蚊の鳴くような声で、さちは呟いた。

はは あん、そんな顔でお糸が晴太郎を見た。厳しい視線だ。違う、俺じゃない、と首を振りかけて、晴太郎は思い直した。

一緒に暮らし始めた頃は、すぐにでも「お父っつあん」と呼んでくれる気配があった。ゆっくりでいいよ、と宥めてからも、きっかけを楽しそうに探している節が見られた。

けれど、いつからだろう。

そんな様子が消えてしまったのは。

その癖、何か訊きたいことがあるような顔で、晴太郎を見ることがある。

なんだい、と訊き返すと、明るく笑って、何でもない、と答えるのだけれど。

「心当たりがあるみたいね、従兄さん」

お糸は鋭い。

晴太郎の答えを待たずに、とんとんと話を進める。

「話したくなったら、いつでも聞いてあげる。『百瀬屋』へ訪ねていらっしゃい、と言いたいとこだけど、それは幸次郎従兄さんが許しそうにないし」

「当たり前だ」

幸次郎が、間をおかずに言い返した。

お糸は、幸次郎に顰め面をして見せてから、さちに請け合った。

「ちょくちょく来るから、その時に聞くわね。心配しなくても、従兄さん達には聞かせない。二人だけで内緒話よ」

さちが頷くのを確かめて、立ち上がる。

じゃあね、と気軽な仕草で手を振って、『百瀬屋』の総領娘は、『藍千堂』を後にした。

幸次郎が、溜息交じりにぼやく。

「何が、『総領娘修業の師匠』だ。おさちがあんな風になったら、困るじゃないか」

しょんぼりしてしまったさちを、茂市が心配そうに見ている。

晴太郎は、立ち上がった。

「おさち。ちょっと、散歩に付き合ってくれるかい」

さちは、つかの間迷うような顔をしたが、すぐに頷いた。

よし、と晴太郎はさちを肩車する。きゃあ、と楽しそうな悲鳴を、さちが上げた。

さちは、晴太郎の肩車が好きだ。

「茂市っつぁん、幸次郎、暫《しばら》く店を頼むよ。あ、おさち、頭をぶつけないように気を付けて」

はいはい、ごゆっくり、と頼もしい二人の言葉に送り出され、晴太郎はさちを肩車したまま、神田川へ向かった。

さちは川を目にして、大層喜んだ。

佐菜と茂市に、「子供だけで、川へ行ってはいけない」と言われているからだ。

心配のし過ぎだと思わないでもないが、女手ひとつでさちを育ててきた佐菜の言は、自分の感じることよりも確かだろうし、茂市が案じすぎて仕事が手につかなくなっても困る。

だから、晴太郎や幸次郎が、時折こうして神田川へさちを連れて来る。河岸には、野原とは違う花や実のなる草もある。せっかく神田川の近くに越してきたのだ、遊ばない手はない。

川面はきらきらと陽の光を弾き、舟が忙しそうに、あるいはのんびりと行きかう。

時折、船頭が良い声で歌う舟唄が、風に乗って聞こえてくる。

川岸から近いところで、魚が跳ねた。

宙でうろこを輝かせてから、ぽちゃんと軽い音を立て、川の中へ戻る。

さちが、「わあ、魚」と、はしゃいだ声を上げた。

晴太郎は、さちを肩から下ろし、二人揃って土手の草の上に腰を下ろした。

水の音、湿り気を含んだ川風。

さちが夢中であちこち見ているのを、しばらく傍らで見守ってから、晴太郎は静かに切り出した。

「おさちは、何か心配事があるのじゃあないかい」

さちが、ぶんぶん、と首を横へ振った。

「俺に、訊きたいことがあるんだろう」

俯いたさちは、答えない。そろりと、小さな手が伸び、晴太郎の袂を掴んだ。

よかった。心を閉ざしてしまった訳じゃない。

晴太郎は、安堵で震えそうになる手を宥め、ひょいと、さちを膝の上に乗せた。

「幸次郎の膝より、居心地が悪いかもしれないけど」

悪戯《いたずら》っ気を交え、言ってから、「ねえ、おさち」と声を掛けた。

「訊きたいこと、助けてほしいことがあったら、言ってくれないか。打ち明けてみたら、案外大変なことじゃないかもしれない。笑って仕舞いに出来ることかもしれない。もし、おさちひとり、俺ひとりでは、どうにもできないようなことでも、二人で一緒に考えれば、どうにかできるかもしれないだろう。二人じゃ無理でも、おっ母さんが手伝ってくれれば。それでも無理なら、幸次郎も茂市も、お糸だって、伊勢屋の小父さんだって、久利庵《くりあん》先生だっている。でも、おさちが何か言ってくれないと、皆、一緒に考えることも出来ない。だから、まずおさちが、俺を助けてくれないか。一緒に考えられるようにしておくれ」

さちは、暫く黙ってから、ぽつりと「でも」とだけ、言った。

でも、の先に、晴太郎はなんとなし見当がついた。弥生から今日まで一緒に暮らして、それくらいは分かるようになってきたのだ。

今、さちは晴太郎に気を遣っている。というより、心配してくれている。

「大丈夫。何を聞かされても、俺は泣かないから。なんて言ったって、男だし、菓子屋の主人だからね」

おどけて告げた。さちは、笑ってくれるかと思いきや、首を巡らせて晴太郎を見つめた。大きな瞳が、涙でうるんでいる。

「大丈夫。俺は泣かないよ」

静かに、柔らかに、囁《ささや》く。

「本当」

さちの声が震えていた。

「ああ、本当だ」

長い間を置き、前に向き直ってから、さちはようやく口を開いた。

「あのね。あの、おと――お菓子のおじちゃんは、本当に、さちの本当のお父っつあんなの」

どくんと、晴太郎の心の臓が重く脈打った。

誰が、そんなことを小さなさちの耳に吹き込んだ。

初めに浮かんだのは、憤りだった。

お父っつあん、と呼びかけて「お菓子のおじちゃん」と言い直した、さちの寂しさが、胸に痛かった。

だが、さちの出生を知っているのは、皆身内と呼べる、信の置ける人ばかりだ。

だったら、口さがない誰かの噂だろうか。

自分の考えに沈みかけて、晴太郎は我に返った。

まず、何よりもさちの心配を取り除いてやらなければいけない。「本当の父なのか」と晴太郎自身に訊いたら、晴太郎が悲しむ。だから訊けずにいたさちを、これ以上傷つけてはいけない。

かといって、むやみに自分はさちの「本当のお父っつあん」だと言っても、さちの心は晴れない。まずはなぜ、そんな心配をしているのか、丁寧に聞いてやらなければ。

少し考えて、晴太郎はさちに訊ねた。

「お父っつあん、って、おさちはどういう人だと思う。おさちは、おさちのお父っつあんがどんな人なら嬉しいかな」

嬉しそうな答えが、すぐに返ってきた。

「おっ母さんと仲良くしてくれるひと。おっ母さんが嬉しそうに『お前様』って呼ぶ人。それから、さちと遊んでくれて、さちに肩車をしてくれる人。散歩に行ったり、川に連れてきてくれる人。それから、それから、それから、うーんと。あ、そうだ。お仕事をしているところが、とっても格好いい人っ」

まず、母の佐菜に関わることが出てくるところが、可愛くも健気だ。

なんだ、全て――仕舞いの「格好いい」かどうかはともかく――俺のことじゃあないか。

晴太郎は、顔がにやけそうになるのを、大層苦労して堪え、さちに再び訊いた。

「そう。じゃあね、お菓子のおじちゃんが、自分の娘だといいな、って思ってるのは、どんな子だと思う」

さちの顔が曇る前に、答えを自ら告げる。

「おさちだよ」

それから、よいしょ、とさちを持ち上げ、隣に座らせた。さちが、晴太郎の顔を見上げている。おずおずと、小さな声で確かめる。

「本当」

「ああ、本当だ」

すぐに答えてやると、さちは嬉しそうに笑った。

「さっきの、おさちの心の中にある『お父っつあん』と俺は、どれくらい、同じなのかな」

「ぜんぶっ」

思いきり元気な答えが返ってきて、晴太郎は笑った。ああ、幸せだ。

「そう。ありがとう」

じゃあね、と、続ける。

「俺が本当のお父っつあんかどうか、おさちはどうして心配してるのかな。誰かに、何か聞いたのかい」

案の定、さちは言えない、という風に俯いた。

「その人を叱ったりしないから」

「幸おじちゃんも、怒らない」

ぷっと、晴太郎は噴き出した。

「幸おじちゃんは、怖いからなあ」

「でも、さちとおっ母さんには、優しいよ」

必死の顔で、怒りん坊の幸次郎をさちが庇《かば》う。やっぱりこの子は、飛び切り可愛い。さすが俺の子だ。

「俺や、他の人には怖いもんな。よし、じゃあ、幸おじちゃんには、内緒だ」

ほっとしたように、さちが頷く。そして心を決めたように打ち明けた。

「おとみちゃんがね」

「おとみちゃんって、おさちの友達かい」

こくりと頷いた顔は、嬉しそうで誇らしそうだ。いい友達なのだろう。

さちの話によると、おとみの家は母一人娘一人、父親はおとみが幼い頃に病で亡くなったそうだ。以来、おとみの母親は、昼は通いの女中を掛け持ちし、夜は仕立ての仕事をこなして、おとみを育ててきたのだという。

似たような境遇の幼い娘二人が、友として引かれ合い、寄り添ったのだろう。

＊

おとみちゃんと花摘をしながら、さちは思い切っておとみちゃんに打ち明けた。

内緒にしているのが、申し訳なかったし、辛かったのだ。

さちには、初めは本当におとみちゃんと同じで、「お父っつあん」がいなかった。けれど、かんだへ越してきて、お父っつあんができた。だから、おとみちゃんにも、いつかお父っつあんができるかもしれない、と。

おとみちゃんは喜んだ。さちに「よかったね」と言ってくれ、自分にもお父っつあんができるかなあ、と嬉しそうに呟いた。

けれど次の日、おとみちゃんは、さちに言った。

おとみちゃんの長屋に住んでいる、もの知りのお婆さんに聞いたら、「おさっちゃんとおとみちゃんは違うんだよ」と教えられたそうだ。

——おさっちゃんは、離れていたお父っつあんが見つかったんだよ。おとみちゃんのお父っつあんは病で極楽へ行っちまった。極楽からは戻ってこられないんだ。まあ、おっ母さんが誰ぞのお嫁にでもなれば、その人がお父っつあんになるんだろうけど、それは本当のお父っつあんじゃあないからね。

——だから、あたしにはもう、お父っつあんは出来ないんだ。でも、おさっちゃんはよかったね。お父っつあんができて。

寂しそうに、おとみちゃんは笑った。

さちは、「お菓子のおじちゃん」を、「お父っつあん」と呼べなくなった。

せっかく、おとみちゃんは友だちになってくれたのに、自分だけ「お父っつあん」ができたのが、申し訳ないと思った。

そして、心配が胸を過《よぎ》るようになった。

「お父っつあん」がいなかったのは、おとみちゃんも自分も同じだ。

おっ母さんは、「お菓子のおじちゃん」のお嫁になった。お婆さんの話とおんなじ。

さちの「お父っつあん」――「お菓子のおじちゃん」も、本当のお父っつあんでなかったら、どうしよう。

＊

晴太郎は、さちの打ち明け話を聞き、溜息が出そうになった。

幸次郎が聞いたら、

――その婆さま、年端もいかない娘に向かって、全く余計なことを。

と、すぐさま切って捨てることだろう。

晴太郎も、正直恨めしいと、思わないでもない。だが、言っても詮無いことだ。世の中には、色々な人がいる。その婆さまも悪気があった訳ではあるまい。

そう、色々な人が――。

晴太郎は、思い立った。

「じゃあね、おさちの心の中の『お父っつあん』と、おとみちゃんの『お父っつあん』は、同じだと思うかい」

さちが、首を横へ振った。

「俺も、違うと思う。世の中にはね、いろんな人がいるんだ。生まれた時から一緒にいても、後から『本当の親子じゃない』って分かる人達もいるんだよ。それでも、親が本当の子だと思い、子供も本当の親だと思ったら、間違いなく本当の親子なんだ。さちには難しいかな」

さちは、困ったように首を傾げた。

「俺がおさちを、娘だと心から思って、おさちも俺を心からお父っつあんだと思ってくれたら、それはもう、本当の親子なんだと、俺は思う」

「そう、かな」

「そうさ」

晴太郎は大きく頷き、「だからね」と続けた。

「おさちが、俺を『お父っつあん』って呼ばなくても、大丈夫なんだ。二人でそう思っていれば、俺はおさちの本当のお父っつあんだし、おさちは俺の大事な、本当の娘だ」

おさちは、小さな声で「よく、分かんない」と答えた。その物言いに、思いつめた色はなかった。

ゆっくりでいい。ひとつずつ、少しずつ、親子の時を重ねていけばいい。

晴太郎は、

「そっか」

と、おさちの口真似をして言った。

「そろそろ帰ろう。いつまで遊んでるんだって、俺が幸おじちゃんに、叱られちまう」

「大変。すぐに帰ろう」

おさちが、必死の顔で訴えた。

晴太郎は、堪らず大声で笑った。


案の定、店に戻った途端、晴太郎は幸次郎に叱られた。

「お菓子のおじちゃん」を叱らないでと、必死で訴えるさちに、幸次郎が口ごもった。

それを見て思わず笑ってしまったので、余計叱られたが。

幸次郎は、さちに向かって、「私の兄さんは、弟に叱られることも大切な仕事の裡なんですよ」と、大真面目で諭した。

そうなの、と首を傾げるさちを見て、笑いを堪え損ねた茂市が、手にしていた誂え菓子を取り落としそうになった。

さちが西の家へ帰った後で、『藍千堂』は、立て続けにやって来た客で、俄《にわ》かに忙しくなった。

三人は、久し振りにへとへとに疲れてしまい、店でも、変わらず三人で通っている『亀乃湯』でも、さちの話はできなかった。

家では、当のさちも、母の佐菜もいる。

ようやく暇が出来たのが、次の日、昼飯の一刻ほど前だ。急がないと、あと半刻で佐菜がさちを連れて、昼飯を作りに来る。

晴太郎は昨日、さちと「幸次郎には内緒だ」と約束をした。けれどさすがに、そうもいくまい。幸次郎も茂市も、何やら思い悩んでいるらしいさちを、案じていたのだ。

話を聞き終えた幸次郎が、すかさず、溜息交じりに言った。

「ですが、いつまでも『お菓子のおじちゃん』では、示しがつきませんよ」

「じゃあ、幸次郎はおさちに言えるのかい。『店の体裁が悪いから、無理にでもお菓子のおじちゃんをお父っつあんと呼びなさい』って」

「それは――」

「自分に出来ないことを、人に求めないでおくれ」

胸を反らし、晴太郎は弟をやり込めた。それから、ふっと笑って告げる。

「いいじゃないか。『お父っつあん』って呼ばなくたって。おさちが俺の大事な娘だってことも、おさちが俺を『お父っつあん』だって思ってることも、確かなんだから」

幸次郎は、渋い顔をして黙っていたが、やがて、苦い溜息を吐き出した。

「仕方ありませんね。おさちも、もう少し大きくなったら、体面ということも分かってくるでしょうし」

晴太郎は、なんだかがっかりして眉根を下げた。

「無粋なことを言うね、お前も」

「生憎、私は粋な菓子を作るのが仕事ではありません。無粋な算盤勘定が仕事ですから」

まあまあ、と割って入った茂市は、既に笑っている。

「幸坊ちゃまも、とどのつまり、今は愛くるしいおさち嬢ちゃまのままでいい、ってぇ甘やかし、おっと、お許し、くださったんですから」

そうだね、と晴太郎は笑いを堪えながら頷いた。

しばらくして、佐菜がさちを連れてやってきた。

さちは、昨日まで思い悩んでいたのが嘘のように、朗らかになっていた。

そんなさちを見て、晴太郎たちも、佐菜も、ほっとした。

そこに、気の緩みがあったのかもしれない。

昨日に引き続き、店がてんてこ舞になったのも、災いした。

そろそろ八つ、さちを西の家へ帰す刻限になるかという頃、作業場から出ていった茂市が、血相を変えて戻ってきた。

「晴坊ちゃま、大変でございますっ、嬢ちゃまが、おさち嬢ちゃまの姿が、どこにもございやせんっ」

さちの気配がしないのに、まず茂市が気付いた。胸騒ぎがして、狭い店の中と周りを探してみたが、さちはどこにもいなかった。

西の家に帰ったのでは。

いや、帰る時には、あの子は必ず挨拶をしていた。黙って帰るなんて、おかしい。

まだ、吹っ切れない悩みがあるのだろうか。

昨日の話で余計悩んでしまったのじゃ——。

ともかく、心当たりを探してみよう。

店を茂市に任せ、晴太郎と幸次郎であちこち探し回った。晴太郎は真っ先に西の家を確かめたが、帰ってはいなかった。さちがいなくなったと聞いて、佐菜は顔を青くしたが、母は『藍千堂』の男達よりも落ち着いていた。

「あの子を奪おう、あの子に何かしようという方は、もういません。友達も出来たようですし、きっと寄り道でもしているのでしょう」

そう言いながら、心当たりを探しに出てくれた。西の家の周りは佐菜に任せ、晴太郎は『藍千堂』へ帰ることにした。

店に戻っているかもしれない。戻っていなかったら、伊勢屋の小父さんに頼んで、人を出して貰おう。

そう思って、西の家から離れ、『藍千堂』を構える往来に出たところで——

「あら、晴太郎従兄さん、どうしたの、血相を変えて」

明るい声に呼び止められ、晴太郎は足を止めた。

お糸だ。

振り返ると、お糸と手を繋いださちが、嬉しそうに晴太郎へ向かって笑いかけていた。

お糸がさちの手を離す。

駆け寄る。

晴太郎は、さちを抱き上げ、抱きしめた。

「苦しい。痛いよ」

さちが、小さく呟いた。それでも、晴太郎は力を緩めることができなかった。

生きた心地がしない、という気持ちを、晴太郎は生まれて初めて味わった。

『藍千堂』には幸次郎も、そして佐菜もいた。

さちを見た途端、佐菜は厳しい顔をしたが、晴太郎が娘を叱ろうとした母を止めた。

「まず、さちに理由《わけ》を訊いてみよう。理由もなく、大人を心配させるような子じゃない」

佐菜は、晴太郎に縋《すが》るような視線を向けてから、困ったように笑い、はいと応じた。

「ご馳走様」

お糸が呆れた声でぼやいた。

何がだい、と訊きたかったが、今は、さちのことだ。狭い勝手に皆で集まり、晴太郎はさちの前に座り、その顔を覗き込んだ。

「どうして、黙って店を出て行ったんだい」

静かに訊くが、さちは口を開かない。助けを求めるようにお糸を見る。

お糸が、告げた。

「私と内緒の話があったのよね」

「内緒の話」

訊き返した晴太郎へ、お糸は繰り返した。

「そう。昨日の内緒話。それで、『百瀬屋』を訪ねようとしてくれてたの。途中で行き合えてよかったわ。おさっちゃんの足じゃあ、まだ『百瀬屋』は遠いもの」

晴太郎は、そう、と、ほっとして呟いた。

「手間を掛けて、済まなかったね。お糸」

晴太郎の詫びに、お糸が首を横へ振った。

「手間なんて、ちっとも。話を聞くって言ったのは私だし」

幸次郎が、淡々と皮肉を口にした。

「『百瀬屋』には、幼子を惑わせる何かが、あるのでしょうか。おろくさんのところの高吉《こうきち》坊もそうだった」

八丁堀の長屋に住む惣助《そうすけ》、おろく夫婦のやんちゃ息子高吉が、さちと同じような歳の頃、迷子になって大騒ぎをしたのだ。その時高吉が目指したのも、『百瀬屋』だった。

少しもへこたれず——それは、幸次郎の言葉に悪意も棘《とげ》もないからなのだが——、お糸が言い返す。

「子供を引き付ける何かが、あるのよ。総領娘が優しいとか、綺麗とか」

晴太郎が笑いながら、二人を止めた。放っておくとこの二人は、いつまでもじゃれ合いを続けるのだ。

「それを言うなら、『幸次郎とお糸は気が合ってる』ってことの方が肝心だろう。『百瀬屋』を目指した迷子を、同じように拾ってくれたんだから」

幸次郎とお糸が、顔を見合わせた。

つかの間絡んだ視線を、す、と外したのは、お糸だった。

いつもの明るい調子で告げる。

「おさっちゃんは、迷子じゃなかったわ。さすが、佐菜従姉さんの娘。しっかりしてる。途中途中で道を尋ねながら、迷子にもならずにいたんだから。よかったわね、おさっちゃん。晴太郎従兄さんに似なくて」

お糸は、軽口に紛れて、気を遣ってくれている。晴太郎は気付いた。さちの悩みを承知しているらしい。

佐菜がお糸に頭を下げた。

「お糸さん、おさちが御厄介をおかけして、ごめんなさいね」

さちが、哀しそうな顔をして母を見ている。

晴太郎は、さちへ優しく訊いた。

「お糸姉さまに、何を内緒で訊きたかったんだい。おっ母さんも、俺達も、随分心配したんだぞ」

いつものさちなら、しゅんとするところだ。けれどさちは、目を輝かせて、少しだけ心配そうに、お糸を見た。

お糸が、背中を押すように、さちへ頷いた。

さちが、頷き返す。

意を決したように立ち上がり、自分から晴太郎にそっと抱きついた。

「ごめんなさい。父《とと》さま」

可愛らしい声。少し力が入って、嬉しそうに弾んでいる。言葉ははっきりしていて、聞き間違いようがなかった。

それでも、晴太郎は訊き返した。

「おさち、今、何て」

夢では、ないだろうか。空耳かもしれない。そう思ったから。

「ごめんなさい」

そうじゃなくて、その次。

急かす前に、さちが繰り返した。

ととさま、と。

晴太郎はさちを抱いたまま立ち上がり、更にさちを高く持ち上げた。

「晴坊ちゃま、嬢ちゃまの頭、お気をつけて」

茂市がはらはらと、晴太郎を窘める。

大丈夫、父親の俺が、抱いてるんだ。

「そうだよ、俺が、おさちの父様《とと》だ」

晴太郎が笑う。さちが笑う。

お糸が、苦笑交じりで告げた。

「おさっちゃんね。私に、『お父っつあん』の『お父っつあん』とは違う呼び方を、訊きたかったのですって。大事な友達には『お父っつあん』がいないけれど、晴太郎従兄さんがおさっちゃんに教えてくれた話を、友達にも教えてあげたい。でも、お父っつあん、と口にするのは気が引けるから。だから、他の呼び方を教えてほしいって。だったら、父様はどうかしらって、言ったのよ。従兄さんらしいし、可愛いおさっちゃんらしいでしょ」

ああ、ああ、そうだね、とお糸に応じながら、晴太郎はさちをふんわりと抱きしめた。

呼んでもらわなくてもいい。互いに、親子だと思えるなら。

そう思っていたのに。

こんなに嬉しいなんて。

「ねえ、おさち。もう一度、呼んでおくれ」

父様、と――。

さちは、嬉しそうに晴太郎へ笑いかけた。

「はい、父様」

茂市が泣いている。笑い上戸から泣き上戸に、鞍替えでもしたのだろうか。

佐菜がほっとしたように、幸次郎と顔を見合わせている。

「あら、雨。さっきまで晴れていたのに」

お糸が、開けた勝手口の先を見て、呟いた。

さちが、晴太郎の腕の中から伸び上がって、誇らしげに告げた。

「『遣らずの雨』というのよ。帰ってほしくないお客さんを、引き留める雨なんですって。だから、お糸姉さまも、おっ母さんも、帰っちゃだめなの。ねぇ、茂市おじちゃん。茂市おじちゃん、どうして、泣いているの。お腹《なか》、痛いの——」

袖笠雨

梅雨が明けた。

鬱陶しい雨雲が去って、鮮やかな青空、眩しい白い雲、そして強い日差しがやって来た。

そんな夏の良く晴れたある日、美しい珍客が、嵐を連れて『藍千堂《あいせんどう》』を訪れた。

「兄さん」

幸次郎《こうじろう》が、冷ややかに晴太郎《はるたろう》を呼んだ。

「晴坊ちゃま」

そろりと、菓子職人の茂市《もいち》の、なぜか笑いを含んだ声が、聞こえた。

それでも、晴太郎は返事をしなかった。

もうちょっと。もうちょっと放っておいてくれないか。いい工夫を思いつきそうなんだ。

口も利きたくなかった。

動いた拍子に、摑みかけた何かが逃げて行ってしまいそうだったのだ。

幸次郎がつけつけと言い募った。

「まさか考え事の振りをして、気の乗らない仕事から逃げているのではないでしょうね」

そんな訳、あるもんか。

言い返そうと、幸次郎へ振り返った時――。

「あ、逃げた」

晴太郎は、ぽつりと呟いた。

幸次郎が眦《まなじり》を吊り上げる。

茂市が、呆気にとられた顔で晴太郎を見る。

「逃げちゃったじゃないか」

八つ当たりは承知で、晴太郎は繰り返した。

一応訊きますが、と、幸次郎が訊いた。

「逃げたって、何がです」

「わらび餅の新しい工夫だよ。もう少しで、面白いことを思いつきそうだったのに」

「おいしい、ではなく、面白い、ですか」

晴太郎は、胸を張って頷いた。

正直、何か「面白いこと」でもないと、夏の暑い最中《さなか》、わらび餅や、葛《くず》を使った菓子づくりは、やっていられない。

とりわけ、練るにつれ、もったりと重たくなるわらび餅は力が要るので、他の菓子より疲れるし、汗もかく。

喉ごしがつるんと滑らかで、冷たい水で冷やすと旨い菓子は、夏によく売れるが、作るには大概骨が折れるのだ。わらび餅にしろ、葛の菓子にしろ、鍋を火にかけたまま練りつづけなければ、舌触りの滑らかな菓子にはならない。

そして、晴太郎は暑さが大の苦手なのだ。

だから涼しい顔をしている幸次郎が、つい、恨めしくなる。もっとも、幸次郎も本当に涼しいわけではない。表に出さないだけだ。

良く出来た弟は、出来の悪い兄を容赦なく追い詰める。

「やっぱり、逃げてるじゃないですか。面白い菓子なんて突拍子もないことを考えて、仕事をしている振りをなさっておいでだ」

「そんなこと、ないったらっ」

我ながら、子供みたいな言い返し様である。

ただ、せっかく、飛び切り質の良いわらび粉が手に入ったのだ。だから、いつものわらび餅にひと工夫加えられないかと、晴太郎は本当に考えていた。

元々、わらび粉自体には、大した癖も味もないから、わらび餅にはきな粉と砂糖を掛けて食べる。味付け自体は素朴にして、柔らかな風味と、ぷるぷるした舌触りを楽しむ菓子だ。

わらび餅は、作り立てが美味い。

というより、作ったそばから乾いて、固くなる。だから、砂糖を混ぜたきな粉を塗《まぶ》して売るのだ。作り置きするわけにもいかない。

注文を受け、時を決めて売り買いする。

まるで茶会に使う茶菓子だが、茶会に関わりなく、この菓子が好物だからと、わざわざ注文をしてくれる客の方が、『藍千堂』では多いくらいだ。

変えるとしたら、上から塗す粉なんだけどなあ。きな粉と砂糖の他に、何かあるかな。

考え込んだ晴太郎を、幸次郎が急かした。

「面白い工夫は、後でゆっくりどうぞ。今日もわらび餅のご注文を、沢山頂戴してるんですから」

そうだった。

晴太郎は、溜息を吐いた。

「晴坊ちゃま、お願いいたしやす」

茂市も、珍しく晴太郎を急かす。蒸し暑い中、ひとりでわらび餅をつくるのは、生真面目でお人よしの菓子職人でさえ、気が進まないのだろう。

晴太郎は、嬉しそうに買って帰る客、「行儀が悪いのは分かっているが、出来立てが一番旨い」と言って、店先でこっそりひとつ、食べてしまう客の、飛び切りの顔を思い浮かべて重い腰を上げた。

「そうだね、茂市《もい》っつあん。ともかく、いつもの通り、つくろうか」

この日のわらび餅の注文は、とりわけ多く、また、ここ数日は注文なしで「どうしても欲しい」という客にも応じているせいで、店に来ていた晴太郎の娘、さちにかまってやる暇は勿論、店先へ顔を出して、客の「嬉しい顔」「おいしい顔」を垣間見る暇もなかった。

全ての注文を捌《さば》ききったところへ、晴太郎の女房、佐菜《さな》が大慌てで店へやって来た。昼飯の仕度をし、西の家と呼んでいる、店の近くの住まいへ戻って半刻ほど経った頃だ。作業場の隅で、楽し気に晴太郎や茂市を眺めていたさちが、哀しそうな顔になった。

「おっ母《か》さん、今日はもう帰るの」

母が、自分を迎えに来たと思ったらしい。いつもより早い刻限なのに、としょんぼり訊いた娘に、佐菜はちょっと困ったように笑いかけてから、「お前様」と晴太郎に向かった。

佐菜の顔つきからすると、なかなかの大事《おおごと》らしい。

「どうした、佐菜」

あの、と一旦口ごもり、幸次郎をちらりと見てから、佐菜は切り出した。

「急ぎ、西の家へお戻り頂けませんでしょうか」

「何か、ありましたか。義姉《ねえ》さん」

晴太郎より早く、幸次郎が訊いた。

「忙しい最中、申し訳ないのだけれど」

ようやく、弟に対するような砕けた物言いが出来るようになってきた佐菜の言葉を、
幸次郎はやんわりと遮った。

「分かってますよ。それでも義姉さんが兄さんを呼びに来たのなら、余程のことです」

幸次郎は、さちにも甘いが、佐菜にも甘いのだ。兄には厳しいくせに。

ほっとしたように佐菜が頷き、告げた。

「お客人がお見えです」

「客。誰」

晴太郎に、佐菜が戸惑いながら答えた。

「松沢《まつざわ》様の若奥様、お雪《ゆき》様が、あの、おひとりで――」

『藍千堂』を茂市に任せ、晴太郎は幸次郎、佐菜、さちと共に、西の家に戻った。

客間に、端然と若い武家の女が座っている。

旗本松沢家の跡取り、荘三郎《そうざぶろう》の奥方、雪だ。

松沢家は、無役の寄合で質素を旨とする家風を代々貫いている。そうは言っても、

新番頭《しんばんがしら》就任の話も出た、大身《たいしん》と呼べる家格だ。

雪の実家、疋田《ひきた》家も、小姓組番頭を務める同格の大身旗本である。

雪と松沢家嫡男荘三郎の縁談が調《ととの》った頃から『藍千堂』の贔屓《ひいき》客で、店も、晴太郎や佐菜自身も、松沢家には大層世話になっている。

とりわけ佐菜は、娘時分に行儀見習いを兼ね、雪の実家へ奉公に出ていたこともあり、雪を慕っている。雪もまた、佐菜を妹のように気にかけてくれている。

いわば、それなりに気心が知れている相手、ではあるのだが、しかし。

「お雪様っ」

まだまだあどけないさちが、雪に向かって駆け寄った。

ちょこんと雪の向かいに居住まいを正し、指を突いて頭を下げる。

「ようこそ、おいで下さいました」

幼いなりに、懸命に礼を尽くしている様子が可愛らしい。雪も、目を細めて微笑み返す。

「久しいですね、さち。さあ、こちらへいらっしゃい」

と、自分の近くへさちを招く。

さちは雪が好きだ。だから子供らしく喜んでいるが、大人はそうはいかない。

晴太郎たちは、互いに顔を見合わせた。

松沢家が気さくな人々ばかりで、晴太郎の一家と親しい付き合いをしているとはいえ、相手は大身旗本である。

そして、雪は跡取りの奥方。若奥様である。

大身旗本の奥方と言えば、出歩く折には必ず側仕えの女中や、下男を連れて歩く。

けれど佐菜の話では、雪はひとりで、ふらりとここへ顔を出したのだという。

あり得ない話だ。嫁入り前の雪は、ちゃんと女中を連れて、出歩いていた。

何があったのか、それさえ無暗《むやみ》に訊けない。

晴太郎は、幸次郎に目で頼み込んだ。

何の御用か、伺ってくれ、と。

だが冷たい幸次郎は、強い目で見返してくるのみで、雪に声を掛ける様子はない。

この住まいの主《あるじ》が挨拶をしろ、っていうんだろ。分かってるよ。

晴太郎は、腹の裡《うち》でぼやいてから、今度は佐菜を見た。だが、佐菜は晴太郎よりも戸惑っていて、亭主としては、そんな女房に縋《すが》る訳にもいかない。

考えた挙句、晴太郎は、さちがしたのと同じように居住まいを正し、娘を呼び戻した。

「おさち、こちらへおいで」

さちは名残惜しそうに雪を見上げ、雪が頷くのを見て、晴太郎の許へ戻って来た。

小さな体を軽く抱きしめてから、部屋の隅、幸次郎と共に控えた佐菜へ、さちを促す。

「ご無沙汰しております。若奥様」

「皆、息災そうで何よりです。忙しいところを呼び立ててしまって、済まぬ」

「いえ、滅相もないことでございます。若奥様もご健勝そうで、何よりでございます」

「ありがとう」

「松沢家の皆様は、お変わりなく」

「ええ。相変わらず、です」

相変わらず、という言葉に、ほんの微かな、ささくれのようなものが混じった。けれど雪が笑い返してきたので、松沢家で何かあったのかと、確かめ損ねてしまった。

「先日の御茶席は、相変わらず見事なものでございました」

「晴太郎の菓子の御蔭です」

「いえ。殿様、若殿様のおもてなしが格別だったのでございましょう」

「ええ。お話も弾んだようですし。皆さまお喜びでした」

松沢家では、折に触れ、茶会を開く。

茶席亭主の利兵衛《りへえ》や、荘三郎のもてなし、茶道の腕前、そしておおらかで味のある庭に惚れ込んだ、幕閣にも名を連ねる大物が、幾人も客として呼ばれる。

無役とはいえ、松沢家は大きな後ろ盾を持っていることになるのだ。

その茶会では、必ず『藍千堂』の茶菓子を選んでくれる。晴太郎としても、腕の見せどころだ。

先だっての茶会は、五月雨《さみだれ》に濡れる庭を部屋から楽しもう、という趣向のもので、晴太郎も、寒天を使った白羊羹《しろようかん》と煉《ねり》羊羹で、瑞々しく涼し気な菓子の工夫をした。

上物《じょうもの》の白大角豆《しろさavg》を挽き、丁寧に煮て漉《こ》してできた漉し粉を、煮詰めた砂糖の汁へ混ぜ、寒天で固める。羊羹舟——羊羹を冷やし固める器——の二分ほどの厚さだ。その上に、同じ厚さで黒糖を使った「晴太郎の羊羹」、再び白羊羹、あっさりしてのど越しのいい「茂市の煉羊羹」、三度目の白羊羹と重ね、仕上げに若草色に染めた白餡《しろあん》のきんとんを、はらりと置いた。

白羊羹は、真っ白に仕上げるのが難しいのだが、巧いこと、雪のような白さに仕上がった。種の硬さも狙った通りのほんのり柔らかめ、晴太郎会心の出来だったのだ。

こっくり、ずっしりとした黒砂糖の羊羹、あっさりとして喉越しがいい、茂市の羊羹。味も趣も違う『藍千堂』自慢の二種の羊羹をひとつの菓子に仕立てるのは賭けだったが、目論見通り、良い方に転んだ。

一時《いちどき》に口に入れても、新たな羊羹の味を楽しめ、羊羹の境で切り分ければそれぞれを食べ比べることも出来る。

味の評判だけでなく、見た目も「まるで、雨に濡れ、霞んだ夏の朝の庭のようだ」などと客に褒めてもらい、同じものを、と注文を受けたりもした。

茶会での茶菓子は、茶と庭、茶席のすべてを引き立てる脇役でなければいけない。そういう意味でも、庭に喩《たと》えられたのは上出来だ。

茶会の話で盛り上がりかけたところへ、こほん、と、小さな咳払いが割って入った。幸次郎だ。

晴太郎は、首を竦《すく》めた。

――呑気に、茶会の思い出話なぞしているところではないでしょうに。

弟の叱責が、聞こえてきそうだ。

茂市がここにいたら、笑うに笑えず、顔を真っ赤にして震えていただろう。

兄には任せておけない、とばかりに、幸次郎が、す、と身を乗り出した。

「若奥様。お運び頂きありがとう存じます」

鷹揚《おうよう》に頷いた雪だったが、微笑みが固い。

「幸次郎。急な訪《おとな》いで、手間を掛けます。そなたまで煩わせるほど大事にせずとも、よかったものを」

幸次郎とは、会いたくなかったのに。

そう聞こえたのは、晴太郎だけであろうか。

幸次郎が、にこやかに受ける。

「何を仰《おっしゃ》います。お雪様がおいでとなれば、何をおいてもご挨拶させて頂かなければ」

それから、幸次郎は飛び切りの笑顔のままで、切り出した。

「しかし、お珍しい。わざわざお運び頂いたのには、正直なところ驚きました。お呼びつけ頂けましたら、お屋敷まで伺いましたのに」

雪が落ち着き払って、答える。

「大仰なことではありません。佐菜とさちがどうしているか、気になったものですから」

「左様でございましたか」

幸次郎が、ふと気づいた様子で、

「ところで」

と続けた。

「御子息の小十郎《こじゅうろう》様は、三歳におなりでございましたね。本日は、お留守居でございますか。おや、お供の皆様はどちらに」

佐菜が、晴太郎へ「お前様」と心配そうに囁いた。佐菜に振り向き、分かっていると頷きかけ、晴太郎は幸次郎を止めた。

「幸次郎、その、いいじゃないか。お供の方のことは」

ここは何も訊かず、雪が寛《くつろ》げるよう、心を砕く方がいい。

言外に窘《たしな》めた兄へ、幸次郎は穏やかに――多分、雪の手前、手加減してくれているのだ――異を唱えた。

「そういう訳にも参りませんでしょう、兄さん。お供をお連れでないとなると、これはただ事ではありません。万が一にも、松沢の若殿様が、お雪様の外出《そとで》をご存知ないとなりますと、今頃は、姿の見えない奥方様を、大層ご心配しておいでなのでは、ありませんか」

雪が、短い溜息を吐いた。

「晴太郎の気遣いは嬉しいが、幸次郎の言う通りだろう。だが、松沢の家はわたくしの外出を承知だ。案じずともよい」

雪の瞳に、苛立ちとも悲しみともつかない色が、過《よぎ》った。

呑気で、その場の流れについ話を合わせてしまう晴太郎でさえ、「そうですか、それはよかった」とは、言えなかった。

幸次郎が、恐れながら、と切り出した。

「松沢家の皆様は、お雪様の外出の先が、手前どもということも、御承知でしょうか」

雪が、困ったように晴太郎を見た。

「そなたの弟の慧眼《けいがん》には、驚くばかりだ」

「不躾《ぶしつけ》な弟で、まことに申し訳ありません」

詫びた晴太郎へ、雪は柔らかく答えた。

「頼もしい弟ではないか」

それから、若い娘のように口をへの字に曲げ、雪は大変なことを、無造作に言い放った。

「松沢家には、実家へ戻ると伝えてあります。供の者と小十郎とは実家で別れた。今頃は実家へ伴った者が松沢の家へ小十郎を連れ帰り、事の次第を殿に伝えておるであろう。済まぬが、幾日か、世話になる」

幸次郎さえ慌てふためき、佐菜と晴太郎も交え、代わる代わる経緯《いきさつ》を雪に尋ねた。雪は、夫の松沢荘三郎と喧嘩をして、屋敷を出てきた、とむっつりと告げた。

赤い雪でも降ってきそうな話である。

雪の父が進めた縁談ではあったが、惹かれ合って添うた、睦まじい夫婦だ。

雪は、面倒見が良く、曲がったことを嫌う真っすぐな気性、荘三郎は声を荒らげたことのないような、穏やかな性分だ。雪はそんな夫を、常に立てている。雪が屋敷を出るほど大きな諍《いさか》いになるとは、思えない。

「もう少し、詳しく経緯をお聞かせいただけませんでしょうか」

幸次郎が、先を促した。

＊

嫁いできて初めて、というくらい腹を立てた雪だったが、さすがに怒りに任せた勢いで、実家へ帰るという訳にもいかない。一人息子の小十郎も、乳母がいるとはいえ、気になる。

だから、小十郎を実家の父に会わせるという名目で、屋敷を出た。雪付きの女中二人と、小十郎付きの女中ひとりが、供をした。

幾日か実家で過ごすつもりだった雪は、あっさり、長兄の作之進《さくのしん》に断られた。父の疋田五右衛門《ごえもん》は、「爺様《じじ》」の甘さを発揮し、「小十郎と共に好きなだけおればよい」と、呑気に言ったものだから、父まで作之進に叱られた。

兄から、早々に松沢の家へ戻れと言われたものの、雪の気持ちは、収まらない。

ならば、佐菜のところへ行くと切り出した。

それには、小十郎付きの女中が「恐れながら」と異を唱え、青い顔をしながらも、凛《りん》然《ぜん》と雪を諭《さと》した。

「小十郎様は、雪様の御子ではありますが、何よりも松沢家の大切な御子、若殿様のご長子にございます。いくら御母堂様とはいえ、勝手に連れ回して良い道理がありましょうか」

雪は、黙るしかなかった。

女中の言うことは、正しい。いずれ、小十郎は松沢家の当主となる。雪の勝手で松沢の屋敷から連れ出していい存在ではない。

雪が思い直そうとした丁度その時、兄が厳しく言い放った。

「どうしても松沢殿へ帰りたくないというのなら、お前だけ勝手にすればよい。小十郎とお前に振り回された供達には、当家で警固を付けて、松沢家まで送り届けよう」

「この、馬鹿者が。余計なことを言いおって」

娘の性分を知り尽くしている父の疋田五右衛門が、頭を抱え、ぼやいた。

雪自身も、兄の言に対し自分がどう動くか、分かっていた。

ここで引けない無用な頑固さが、自分の良くないところだ。

雪は、にっこりと笑んで兄にやり返した。

「では、兄上様のお許しも頂戴いたしましたので、佐菜とさちの顔でも見てまいります。供は無用。お前達は、兄上様の言う通り、小十郎を連れて松沢の家へお帰りなさい」

*

佐菜が、くすりと笑った。

「相変わらずですのね。雪姫様は」

「そういう佐菜は、どうなのです。随分澄ましているではないか。まるで、江戸一と評判をとる上菓子司《じょうがしつかさ》の内儀《ないぎ》のようだ」

雪は、軽口のつもりで言ったのだろう。だが、佐菜はほろ苦く笑った。

「上辺だけでも、そう見えていればいいのですけれど」

「佐菜」

晴太郎は、恋女房を宥《なだ》めるように呼んだ。幸次郎が、何でもないことのように言い切る。

「義姉さん。兄さんは、かれこれ六年余り、『上菓子司の主』の看板を背負っているんですよ。それでも、これです。嫁入りから半年と経っていない義姉さんが立派な内儀を務めてしまったら、兄さんの立つ瀬がありません」

「そりゃ、どういう意味だい。幸次郎」

晴太郎は言い返した。弟は涼しい顔だ。

「言葉通り、何の裏もありませんが」

雪が、ほほ、と上品な笑い声を立てた。

むう、と晴太郎は口の端を下げた。佐菜は、茂市のように、必死で笑いを堪《こら》えている。

佐菜が、幸次郎の物言いを真に受け晴太郎を庇《かば》ってくれなくなって、随分と久しい気さえしてくる。それほど、これは我が家で既におなじみの風景になっているのだ。

「幸次郎。いつものお前の遊びにお雪様を巻き込むんじゃない」

言ってから、晴太郎は更に項垂《うなだ》れた。

これでは、常々、自分が弟に遊ばれている、と、白状しているようなものだ。

晴太郎は気を取り直し胸を張った。親しく接してくれるとはいえ、雪に失礼があってはいけない。疋田家でも松沢家でも、雪が戻らなければ心配をする。夫婦の喧嘩が原因《もと》だということは分かったが、なぜ雪が屋敷を出るほど派手なことになってしまったのだろう。

晴太郎の胸の裡を読み取ったように、佐菜が、「あの」、と雪を気遣いながら切り出した。

「恐れながら、姫様。若殿様と、何があったのでございましょうか」

楽し気にしていた雪が、面を曇らせた。

「若奥様」

静かに、幸次郎が促す。

「言えぬ」

喧嘩の原因《もと》は、言えないということか。仲睦まじい夫婦なだけに、その原因はよほど深刻なものなのではないのか。

晴太郎の心に重たい靄《もや》が湧き上がった。

ふっと、雪が微笑んだ。

「わたくしは、旗本の家に生まれた。末の姫だったゆえ、甘やかされ、のびのびと育ったが、それでも家名と自らの役割は、この身に沁み込んでおる。だから、分かっていたつもりだった。小十郎は、わたくしの子である前に、松沢家の跡取りだ」

それでも、と、少し間を置いて零《こぼ》れた、小さな呟きは、酷《ひど》く寂しそうだった。

「兄や供の者に、小十郎はわたくしが勝手に連れ回して良い者ではない、松沢の家へ帰すと言われた時、胸が痛んだ。覚悟は出来ているはずであったのに、とんだ貧弱な覚悟よの」

哀しそうな雪に、晴太郎は掛ける言葉がなかった。幸次郎でさえ、どう言えばいいのか、迷っている風だ。

少し長い間を空け、佐菜が口を開いた。

「でしたら、若様とご一緒にお戻りになられたら、よろしゅうございましたのに」

晴太郎は仰天した。

いくら親しい仲とはいえ、失礼が過ぎる。

「義姉さん」

幸次郎が、低く佐菜を止めた。

雪が微笑みを収めて、佐菜を見た。

佐菜は、幸次郎に「心配いらない」と言う風に柔らかに頷きかけ、再び雪に向き合った。

「小十郎様と離れ離れになるのがどれほどお辛いか、この佐菜めにはよく分かります。今はもう、おさちを私から取り上げようとするお方はおいでになりませんが、それでも、先日、姿が見えなくなった時には、体中が震えました。震えている暇なぞないと、自らに言い聞かせましたけれど」

晴太郎は、自分の女房を見た。先だって、さちがひとりで、晴太郎の従妹《いとこ》のお糸《いと》に会いに出かけたことがあった。誰にも言って行かなかったので、さちがいなくなったと、ちょっとした騒ぎになった。

その時、『藍千堂』の男達よりも、佐菜は落ち着いて見えたのだ。

母とは、気丈なものだ。

「さちが、無事でよかったこと」

慈しむように、雪は目を細めてさちを見た。ことさら優しい声で、小さなさちを諭す。

「元気が良いのは何よりだが、あまり母に心配をかけるでないぞ」

さちが、精一杯の大人びた顔で、「はい」と返事をした。

「母は、子の姿が見えぬと辛いものです」

雪の言葉は、さちに対してというより、自分の胸の裡を確かめているように聞こえた。

佐菜が、そっと訊いた。

「それでも、やはり松沢様のお屋敷にお戻りになるおつもりは、ない、と」

「戻れぬ」

雪の返事は、迷いがなかった。そして、戻れぬ、という言葉が、晴太郎は気になった。

戻りたいのに、戻れない。そういうことだろうか。

「何か。何か、手前どもにお力になれることが――」

思わず、口走っていた。

雪が目を瞠《みは》り、そして笑った。

「晴太郎は、おせっかい焼きだ」

町人が使うような雪の言葉には、温かみが溢れていた。

ふいに、雪が顔を顰《しか》めた。悲しみと憤りの混じった口調で、呟いた。

「殿とて、晴太郎に負けぬほどお優しい方なのだ。なのに、どうして――」

雪の言葉が途切れる。

顔色を窺っていると、再び雪が誰にともなく、俯《うつむ》き加減になって告げた。

「いや、元はといえば、わたくしがいけないのかもしれぬ。わたくしが、父上に不遜な物言いをするから」

雪の呟きからは、詳しい経緯が知れそうで知れない。雪は、意を決するように顔を上げた。

「委細は言えぬ。松沢の家名、代々守られてきた家風にも関わることだ」

なんだか、懐かしいな。

場違いな想いだと、承知していた。それでも晴太郎は、懐かしいと感じた。

あれは、雪と初めて出逢った時のことだ。

疋田家と松沢家の縁談が持ち上がった折、疋田の当主で雪の父、疋田五右衛門は、松沢利兵衛の新番頭就任を画策した。派手で目立つことを好む五右衛門が、可愛い末姫の嫁ぎ先が無役の寄合では、小姓組番頭の疋田家とつり合いが取れないと考えたのだ。そして、新番頭就任への口利きの礼として、幕閣の大物を招いた茶会を手配した。その折に『藍千堂』と松沢家の付き合いが、始まったという訳だ。

けれど、穏やかで静かに日々を過ごす家風、寄合で頂戴した御役目に誠心誠意当たる、という家訓を大切にしている松沢家に、新番頭の役は重荷にしかならなかった。

だから雪は、荘三郎を諦めようとした。自分が乱した松沢家の静けさを取り戻すために。なのに、どうしても諦めきれない自分を浅ましい、と雪は言った。

だが松沢家は、自らの力で家風と静けさを守った。難しい野点《のだて》の茶会を見事に仕切り、茶会の客を唸《うな》らせた上で、新番頭就任を断った。そして、無役の寄合で良ければ、雪を当家の嫁に頂きたいと、疋田家に申し込んできた。

今の雪は、哀しい顔で荘三郎を諦めようとしていた、あの頃の雪とよく似ている。ひとりでことを深刻に受け止め、ひとりで思いつめている。

きっと、そういうことじゃないのだろうか。

「お雪様と初めてお会いした頃のことを、思い出します」

思わず零れた晴太郎の呟きに、雪は首を傾げたが、あの頃の経緯を知っている幸次郎は、晴太郎の言いたいことを、察したようだ。

なるほど、と言う風に、晴太郎へ小さく頷いた。それから雪に向けて口を開いた。

「つまり、お雪様は、委細はおっしゃれない。松沢様にも疋田様にも、お戻りになるおつもりはない。そういうことでございましょうか」

雪は、きゅっと顎を引いて幸次郎を見返し、「ええ」と答えた。

「でしたら、お願いがございます」

「何ですか」

「疋田様と松沢様に、知らせを入れさせてくださいまし。義姉《あね》と積もる話がおありとのことで、暫《しば》く当方にご逗留頂く、と」

雪は、少しの間迷う素振りを見せたが、大人しく頷いた。

幸次郎が、微笑んだ。

「町場の小さな菓子屋の住まいでございますので、ご不自由は多いかと思いますが、ゆるりとお過ごしくださいまし」

雪が、ほっとしたように頷いた。

「手間を掛けます」

佐菜が、雪の心をほぐすように、明るい声を上げた。

「久し振りに、お話をお聞かせくださいまし」

雪が楽し気に笑った丁度その時、表から、女の良く通る声が聞こえてきた。

「お佐菜さん、おさっちゃん、いるかい」

晴太郎と幸次郎、そして佐菜は、一斉に顔を見合わせた。

この声、そして、その声を押しのけるように聞こえてくる、子供たちのはしゃぐ声。

おろくと、その子供たちだ。

おろく一家は、八丁堀組屋敷の長屋で暮らしている。亭主は大工の惣助《そうすけ》。女房のおろくは、晴太郎と幸次郎の叔父、百瀬屋清右衛門《ももせやせいえもん》の内儀、お勝《かつ》の妹で、晴太郎たちとは身内のような付き合いをしている。

子は、十二歳の長女、おせんを頭《かしら》に娘三人、息子二人。娘達は、奉公には出ず、手習い所へ通いながら母に裁縫や料理を教わっている。おせんの裁縫の腕はなかなかで、もう仕立ての仕事を引き受けているらしい。息子二人は、八歳と六歳。長男の高吉《こうきち》は、父の跡を継いで大工に、末っ子の大吉《だいきち》は、晴太郎を真似て菓子屋になるそうだ。おろくの娘達は、さちの遊び相手を買って出てくれていて、西の家にも、ちょくちょく顔を出す。今日は息子達も一緒のようだ。

「水瓜《すいか》を、小森《こもり》の御新造様から頂戴してね。お裾分けだよ」

景気のいいおろくの声に、息子二人が続く。

「早く、水瓜食べようぜ、おっ母さん」

「うん。砂糖掛けてさ」

水瓜は、赤い色と瑞々しい果肉、さっぱりした味で、夏場に人気の水菓子だ。角切りにし砂糖を掛けて少し置くと、格別に旨くなる。

すかさず、おろくが息子達を叱り飛ばした。

「何言ってるんだい。この馬鹿息子っ。砂糖なんて、手が出る訳ないだろう」

だって、と言い返したのは、高吉だ。

「ここ、お菓子のおじちゃんの家《うち》だろ。砂糖なんか、山ほどあるじゃねぇか」

「この、馬鹿っ」

ごいん、と拳骨《げんこ》の音まで聞こえてきそうだ。

「他人《ひと》様の物に、平気で手を付けるような子に、おっ母さんはお前を育てた覚えはないよ」

「手なんか付けてないやい」

「おんなじことだろうが。いつ、お佐菜さんや、晴ちゃん幸ちゃんが、お前に砂糖をくれるって言ったんだい」

高吉の声は聞こえない。

「言ってごらん。いつ、『砂糖を掛けて水瓜を食べよう』って、誘われた」

おろくさん本気の説教が、始まったぞ。

晴太郎が首を竦めたところへ、幸次郎が小声で「兄さん」と話しかけてきた。

「お雪様とおろくさん達を会わせては」

晴太郎は頷いた。おろくも子供も、善人を絵に描いたような人柄だ。高吉が生意気なのは、年頃の所為で、心根は優しい。

それでもきっと、ややこしいことになる。親子揃って邪気がない分、「晴ちゃんのとこで、お旗本の綺麗な奥方様に会った」と楽し気に言って回るだろう。口止めしても、子供達の口に戸を立てられるかは怪しいし、おろくはおろくで、かえって気を揉むに違いない。

何より、こう賑やかでは、悩みを抱えている雪は、落ち着かないだろう。

佐菜がいち早く察して、表にいるおろくへ向かって声を掛けた。

「すみません、少し手が離せなくて。庭へ回って頂けますか」

その隙に、表から雪を連れて出ろ、ということらしい。幸次郎が雪を促し、晴太郎がさちに向かって、「内緒だよ」と、口の前に人差し指を立てて見せた。

楽しい遊びだと思ったのだろう、さちは目を輝かせ、晴太郎を真似て唇に人差し指を当て、大きく頷いた。

まだ怒っているおろく、黙ってしまった兄に代わって景気よくしゃべる弟、高吉が叱られたことなぞどこ吹く風で、楽し気に何やら話している娘達、賑やかな声が庭へ回って近づいてくるのに合わせ、晴太郎、幸次郎と雪は、表口へ回り、慌ただしく家を出た。

雪を案内したのは、『藍千堂《みせ》』だ。

『藍千堂』の家主、伊勢屋《いせや》総左衛門《そうざえもん》のところも考えたが、あちらも、またおろくとは違った意味でややこしいことになりそうだ。幸次郎の考えも晴太郎と同じだった。

幸次郎は、そのまま疋田家、松沢家へ知らせに出、晴太郎は雪と共に店へ戻った。

旗本の奥方の訪いに、茂市は目を白黒させたが、雪は「邪魔をします」とさらりと茂市に声を掛け、小さな店の中を見て回った。

「ここで、あの美味な菓子が作られているのですね。少し手狭に見えるが」

晴太郎は、笑って答えた。

「職人二人に、店を仕切る弟がひとりですから、これくらいが丁度動きやすいのです」

「そう」

雪は頷いた。砂糖の湯気が染みついて飴色になった柱や梁《はり》を、楽し気に眺めている。

「二階の方が、落ち着くかもしれません」

干菓子の型や小豆は、全て西の家の納戸へ移した。がらんどうの味気ない部屋だが、畳表は丁度替えたばかりだし、何かと慌ただしい店より、居心地はいいだろう。

ところが雪は、「ここでよい」と、作業場の隅を指した。

菓子の仕上げや、出来上がった菓子を井籠《せいろう》に詰めるための、土間から一段上がった場所だ。そこに落ち着くと、土間の鍋や、出来立ての餡、羊羹舟を、目を輝かせて見回している。

初めて店に来た佐菜やおさちと、同じだな。

晴太郎は、笑いを堪えた。

茂市に金鍔《きんつば》と茶を頼み、晴太郎は雪の側に控えた。雪がそれを見咎《みとが》め、告げる。

「わたくしに、構わずともよい。ただでさえ、忙しいお前たちを煩わせているのですから」

仕事に戻りなさい、と促されたところで、茂市が焼き立ての金鍔と茶を持ってきた。

「お前が茂市ですね。晴太郎や幸次郎から、聞いています。よく、兄弟を助けているとか」

茂市が、ひっくり返りそうになりながら、雪に答える。

「とと、とんでもねぇことで、ございます」

「畏《かしこ》まらずともよい。晴太郎の内儀の友が訪ねてきたとでも、思ってください。茶と菓子まで仕度させ、仕事の邪魔をし、済まないと思っています」

そう言われ、茂市はようやく力を抜いた。雪に向かって平伏してから、いつもの人の好い笑みを湛《たた》えて応じる。

「あっしの方が、坊ちゃま方、お内儀さんに良くして頂いておりやす。金鍔は、八つ刻《どき》に、餡の出来栄えを確かめがてら、あっしらも食べてるもんでごぜぇやす。奥方様に、賄飯《まかないめし》みてぇなもんをお出しして申し訳ございやせん」

すかさず、晴太郎が言い添える。

「でも、美味しいですよ。どうぞ、焼き立ては格別です」

佐菜の話によると、雪は若い頃から、よく外へ出ては、町人達の食べる物を口にしたり、町場の暮らしを覗いたりしている、気さくな姫君だったのだという。

質素と素朴を旨とした家風の松沢家へ嫁ぎ、その性分は、更に際立ったらしい。

「では、頂こう」

そう告げるや、まるで、お糸や佐菜が食べるように、金鍔を口に運んだ。

その顔が、綻《ほころ》ぶ。

「『藍千堂』の金鍔は、幾度か口にしたことがありますが、晴太郎の言う通り、焼き立てはまた違いますね」

やっぱり、自分の菓子で「美味しい顔」になってくれるのを見るのは、幸せだなあ。

ほっこりした気分になっていると、早速雪に叱られた。

「お前は早く仕事に戻りなさい。茂市もひとりで、難儀をしていたのであろう」

「はい、ではその、お言葉に甘えまして――」

もごもごと答えながら、晴太郎は思った。

まるで、幸次郎に叱られてるみたいだ。

茂市は、案の定肩で笑っている。

土間に降り、袖を襷掛《たすきが》けに括《くく》り、前掛けをしながら茂市に確かめる。

「ひとりで、わらび餅や他の注文をこなすのは、大変だっただろう。少し休むかい」

「とんでもねぇ。あれくらい、ひとりでどうにでもなりやす」

胸を張った茂市に、「助かるよ」と応じてから、晴太郎は考えた。

今日の注文分で、届けなければならないものは、雪が来るより早く幸次郎が済ませていた。他は全て客がとりに来てくれたという。

ばたばたとしていた割に、ぽっかり暇が出来たらしい。

「どうしようか、茂市っつあん。羊羹でも作ろうか。それとも、店先で売る分のわらび餅の仕度でもするかい」

茂市が、そうですねぇ、と腕を組んだ。

「このところ、わらび餅が続きやしたから、羊羹にしやすか」

雪はこちらを見ながら、涼しい顔で茶を飲んでいる。土間では火を使っていて、その暑さが伝わっているはずなのだが。

暑さにお強いのだろうか。それとも、暑さはお感じになられているのに、表に出されないのか。幸次郎と同じだ。

再び呑気に考え掛けて、ふと、晴太郎の頭に小さな光が過った。

今日、雪の訪いで大騒ぎになる前、わらび餅の工夫を思いつきかけたんだけど。

羊羹。わらび餅。ええと——。

おっとりと、雪が声を掛けてきた。

「先日の茶菓子、『五月雨の庭』も、羊羹でしたね。美しく、美味であった」

白羊羹と藍千堂の二種の煉羊羹を重ね、若草色のきんとんで色添えた茶菓子は、「五月雨の庭」と名付けた。

「恐れ入ります」

晴太郎は、雪に礼を言った。松沢家での茶会の菓子は、茶席の客の分の他に、いくつか余分に作って届けることにしている。雪や小十郎、屋敷の方々も味を確かめたいだろう。

雪が訊く。

「あの菓子に使われていた羊羹は、少し柔らかかったような気がするが」

晴太郎が答えた。

「はい。涼しさを感じて頂きたくて、口どけが良くなるよう、柔らかめに仕上げてあります。寒天を少なくするのですが」

自分で言って、晴太郎ははっとした。

寒天を少なくする。そうすることで、水羊羹のような口当たりになり、さっぱりとした味にもなる。あの「五月雨の庭」には、その作り方が確かに、合っていた。けれど、そうではなくて。わらび餅には、もっと――。

「邪魔をするよ」

店先から掛けられた高飛車な声に、再び「わらび餅の工夫」の思案は、遮られた。

「はい。只今」

茂市を目顔で止めて、雪に軽く頭を下げ、晴太郎が店先へ行く。

「いらっしゃいまし」

店には、苛々《いらいら》と体を揺らして、若い男が待っていた。

銀鼠《ぎんねず》の小袖だが、銀が強い。裾からは江戸紫の裏地が覗いていて、一瞥《いちべつ》して派手な身なりだ。ぞろりと長い羽織を羽織り――さぞかし、暑いだろう――、本多髷《ほんだまげ》の髻《もとどり》を思い切り高くしている。腰に下げた煙草入れは松の蒔絵、煙管《きせる》は長め。いかにも吉原の行きがけに寄ってみた、というような、洒落者の格好だ。

若い男は、店の中を見回しながら、訊いた。

「ここは、菓子屋なんだろう。なんで菓子屋なのに、菓子を置いていない」

幸次郎がここにいたら、「そんなことも分からないくせに、一丁前に偉そうな口を利くふざけたお人に売る菓子はない」と、切って捨てるだろう。

笑いを堪えながら、晴太郎は答えた。

「手前共は、ご注文を頂戴してから、菓子をあつらえる商いが、主になっておりますので」

ふん、と若い男は鼻を鳴らした。

「そんなことは、分かってる。だがこの店は、ふらりと立ち寄った客にも、上等な菓子を売ってるっていうじゃないか。だから来てみたんだが、何の菓子もありゃしない。噂ってのは、当てにならないもんだねぇ」

折り悪く、これから店先で売る菓子の仕度をしようとしていたところだ。今すぐ売れるものは、何もない。

「申し訳ございません。今日はご注文の菓子が多うございましたので」

再び、若い男が鼻から息を吐いた。店の外へ向かって、声を張り上げる。

「この店は、客を選り好みするってぇのかい」

「あの、はい」

はい、の語尾が、ひとりでに上がる。

思いもよらないことを言われ、晴太郎は戸惑った。

男は、声を大きくした。

「だって、そうだろう」

通りがかった人達が、何事だ、と視線を店へ送ってくる。

こういう時に限って、幸次郎がいないんだから。

晴太郎は、溜息を呑み込んだ。困った客のあしらいが、晴太郎はいつまでたっても苦手だ。せめて、むやみに話を合わせ、相手の術中にはまらないようにしなければ。

客は、人の目を集めて勢いづいたようだ。

「金を積んで我儘《わがまま》を言う客の菓子ばかり作って届けて、わざわざ足を運んだ客は門前払いだ。さすが評判の菓子屋は、お高く留まってやがる」

男が喚《わめ》いている間、晴太郎は幾度も、お待ちください、申し訳ございません、と声を掛けたのだが、困った客には暖簾《のれん》に腕押しだ。

このままでは、後でこの顚末を耳にした幸次郎や総左衛門に、どれだけ叱られるか。

それより何より、店の評判に関わる。

頭を抱えたくなった時、涼やかな女の声が、凜《りん》と響いた。

「そなたの言い分は、了見違いというものですよ」

晴太郎は仰天して、振り向いた。

そこには、背筋をぴんと伸ばした雪が立っていた。男客を静かに見据えている。

雪の後ろには、おろおろ、はらはらと、無駄な動きを繰り返す茂市が見え隠れしていた。

「若奥様」

晴太郎は小声で止めたが、雪は聞こえなかったのか、聞く耳を持たなかったのか、晴太郎を一瞥もしない。

若い男は、雪の身なりから武家の妻女だと察したらしい。探るように言葉を改めた。

「御新造様は、どちらさまで」

自分のことは、どうでもいい。そんな風に、雪は言い放った。

「おそらく、これから吉原へでも行くつもりなのであろう。ふと、評判の菓子司の上菓子でも手土産にして、遊女達の気を引こうと思いついたか。まだ日の高いうち、酒も入らぬまま管《くだ》を巻くとは、変わった男よの。花見の頃はとうに終わっておるぞ」

雪の「気持ちのいい啖呵《たんか》」を外で聞いていた野次馬が、どっと沸いた。

まずい。まずいぞ、これは。

そうは思うものの、晴太郎も茂市と同じようなものだ。腹を立てた雪を宥《なだ》める術なぞ、思い付きはしない。

そう。雪は怒っていた。

厳しく光る目を見なくても、気配で分かる。

かつて、『氷柱《つらら》姫』――元は柔らかな雪《ゆき》だが、刺さると怪我をする――と綽名《あだな》されたほどの、気の強さを、今でも備えている。

雪は、続けた。

「とはいえ、理が全くないという訳でもない」

いきなり肩を持たれ、若い男がぽんやりと笑った。そこをすかさず、雪が問いかけた。

「そなた。『物は言い様』という言葉を知っておるか」

声の冷たさと、雪の意図が読めないことに、男客は戸惑いながら、はあ、と返事をした。

雪が舌鋒鋭く、男を追い詰めた。

「上菓子司とは、客から注文を受けて菓子を作る店だ。そなたも承知だと申しておったな。この『藍千堂』は、評判の上菓子司、注文の菓子だけでも十分商いは成り立つ。それでも、主と職人は、少しでも多くの者に美味な菓子を、と、忙しい思いをして通りすがりの客の為にも、菓子を作っておる。そこを有り難いと思うてこそ、そなたの言い分にも理が生じようというものだ。例えば、そうよの。『急で申し訳ないが、暫くは待てる故、菓子を都合してはもらえぬか』ほどの、言い方をすれば、そこは商い、人の情というもの。どうにか致しましょうとなるやもしれぬ。だが、そなたはどうだ。菓子屋は客に菓子を売るのが当たり前。普段からやっているのだから、今も出来る筈だと、高みから押さえつけるような不遜な物言い。それでは、『誰が売ってやるものか』と、言いたくもなろう。わたくしなら、とうに塩を撒いて、そなたを追い払っておる」

若い客の首から耳朶《みみたぶ》までが、赤く染まった。

「武家の御新造さんだと思って、下手に出てりゃあ、いい気になりやがって――っ」

こちらのお方は、ただの御新造様じゃ、ないんですよ。

晴太郎は言いたかったが、雪の素性を明らかにするわけにもいかない。奥方が菓子屋の店先で性悪な客を言い負かした、となったら、松沢の家名に関わる。雪の言葉は続く。

「いい気になっているのは、そなたであろう。贔屓にしている訳でもない上菓子司で、前もって注文も入れず菓子を買おうとする。買えないとなったら大声で、己は客だと騒ぎ立てる。筋も道理も、あったものではない。通りすがりの客に理はあっても、そなたのような無礼な客には、理なぞ微塵《みじん》もありはせぬぞ。金子で女子の頰をはたくような真似をして、吉原で嘲笑《あざわら》われておらぬか、案じられるの」

すっかり頭に血が上った男は、何を思ったか、やにわに店へ下駄のまま上がり込んだ。お雪様に狼藉《ろうぜき》を働くつもりか。

晴太郎は、必死で男と雪の間に立ちふさがった。茂市も続く。

若い男は、雪ではなく作業場を目指した。

武家の妻女に怪我をさせたら、ただでは済まない。その分作業場で暴れて、憂さ晴らしをするつもりだ。

目の前が、真っ暗になった刹那《せつな》、若い男の情けない悲鳴が上がった。

風のように、雪が男の腕を捕らえ、捻《ひね》り上げ、床に抑え込んだのだ。

「慮外者《りよがい》。屋内に上がる折は、まず下足を脱げと、親御から教わらなんだか」

凜とした声に、野次馬から喝采が上がる。

――おお、さすがお武家の御新造さんだ。

――見たかい、あの早業。

雪は、息ひとつ乱していない。晴太郎へ、

「この者、どうする。番屋へ連れてまいるか。役人を呼んだ方が早いかもしれぬが」

なぞと、確かめてきた。

「それは、止したがいいでしょう」

聞き覚えのない男の声が、割って入った。

野次馬をかき分け、穏やかな笑みを湛えて店へ入って来たのは、晴太郎と同じ年頃の男だった。

利休茶《りきゅうちゃ》の渋い緑の小袖に羽織。町人の拵《こしら》えは雪が捕らえている男と同じだが、羽織も小袖も、地味なものの上品ですっきりしている。

新たに入って来た男は、床に押さえつけられ、痛い、放せ、と情けなく呻《うめ》いている男に近づき、告げた。軽やかな足取り、振る舞いなのに、隙が無いというか、妙な迫力がある。

「このまま大人しく帰って、二度と『藍千堂』さんには近づかないことです。余計な噂を流すのもなしですよ。でなきゃ、お前さんがこの店でしでかしたこと、美人の御新造様にあっさり抑え込まれたこと、そっくりそのまま、お前さんが通う吉原の見世に伝えて差し上げましょう」

男は、情けない姿のまま、強がった。

「この、やろっ。お前なんぞに、私の贔屓の見世が分かってたまるか」

にやりと笑って、利休茶の男が呟いた。

「半籬《はんまがき》『福よし』。小りんさんは、この春『昼三《ちゆうさん》』におなりになったんでしたか」

見る間に、雪に押さえられている男の顔が、青くなった。

「お前、どうしてそれを」

利休茶の男は、笑みを深めるのみだ。雪が、男の腕を捻り上げた。

うわあ、いてぇ、と男が喚く。

「この者の言葉、しかと覚えたか」

うん、と小さく男が頷く。

「申す通りに、致すか」

「す、する。わあ、いてぇったら、御新造様。します、いたします。二度と『藍千堂』さんに足を運びませんし、御厄介はかけません」

「あの――」

そろりと、晴太郎は口を挟んだ。

「穏やかにしてくださるのでしたら、菓子は買いにいらして頂いて、構わないのですが」

唖然とした顔で、雪、そして利休茶の男が晴太郎を見た。

雪の手が緩んだ隙に、男が跳ね起き、土間へ降りた。

「誰が、来るか。こんなおっかない菓子屋っ」

負け惜しみを叫んだが、雪と利休茶の男を見て、後ずさりした。

「あ、幸坊ちゃま」

ほっとしたように、茂市が叫ぶ。

晴太郎は、頭を抱えたくなった。

これで、万が一でも総左衛門小父《おじ》さんまで顔を見せたら、大変なことになるぞ。

幸次郎は、雪に頭を下げ、茂市に頷きかけてから、目の前の男に告げた。

「手前も、二度とおいでにならない方が、良いかと思います」

すっと、幸次郎の気配が冷ややかになった。

「再びその顔をこの店で見かけたら、手前が『押し込み』として、番屋へ届けますので」

「お、おおお、押し込み――だとっ。私が、いつっ」

「つい先程、下足で店に上がり込み、主に断りもなく、作業場へ駆け込もうとなすったではありませんか。立派な『押し込み』です」

晴太郎は、弟を止めようとしたが、ひと睨みされ、口を噤《つぐ》んだ。

男は、捨て台詞ひとつ残すことなく、逃げ去って行った。

幸次郎は、落ち着き払って、店を覗き込んでいた野次馬達に丁寧に詫び、雪に詫び、
そして、見ず知らずの利休茶の男に詫びた。

面白いものを見せてもらった、だの、御新造さんの勇ましさにすっとした、だの、楽し気に帰っていく野次馬を見送ってから、幸次郎は改めて雪と、利休茶の男に向かった。

「主が頼りないばかりに、お手数をおかけ致しました。幾重にもお詫び申し上げます」

雪の迫力もすごかったが、やはり、晴太郎には、幸次郎——と、幸いにも居合わせずに済んだ総左衛門——が恐ろしかった。

雪は、先刻までの勇ましさ、凛とした強さを綺麗に仕舞い込み、しとやかに首を振った。

「済まぬ。ことを大きくしてしまったようだ」

幸次郎が、満面の笑みで異を唱える。

「御新造様が止めて下さらなければ、作業場が大変なことになっておりましたでしょう。それこそ一大事にございます」

雪の素性が万が一にも知れぬよう、「若奥様」ではなく「御新造様」と、周りの呼び様に合わせた辺り、やはり弟は抜かりがない。

幸次郎は利休茶の男に向き直った。

「お前様にも、お礼を申し上げます」

「なんの、なんの」と、男は軽やかに手を翻《ひるがえ》した。身なりは地味で品がいいが、なんだか見ていて息が詰まるようなのはなぜだろう。

「通りすがりの野次馬の、ほんの余計なお世話にございますよ。『藍千堂』さんの菓子は大層旨い。あたしも大好きですからね」

「ありがとう存じます」と、応じた幸次郎の様子が、ほんの少し、晴太郎は気になった。

男は、気安い口調で幸次郎に告げた。品の良さはそのまま、男の周りがひんやりと冷えたようだ。

「いや、暫くは少ぅし気を付けた方が、いいかもしれませんよ。『百瀬屋』さんの嫌がらせってことも、ありそうですし」

幸次郎が、面を引き締めた。

晴太郎は、今更そんなことがある訳がない、と言いたかったが、これも幸次郎に目顔で厳しく止められ、呑み込んだ。

『百瀬屋』と『藍千堂』の不仲は、広く知られているところだ。『藍千堂』の肩を持ち、『百瀬屋』に腹を立ててくれる贔屓客も少なくない。雪も、そのひとりである。

滑らかに続ける男の口調に、あからさまな棘《とげ》が混じったことに、晴太郎は気づいた。

「なんですかね、『百瀬屋』の御主人は、こちらの御兄弟の代わりに暖簾を継いだ割に、大して旨くない、その癖菓子の値は張る、さっきの男の言葉じゃねぇが、客の選り好みまで大威張りでやらかす。少しは『藍千堂』さんを見習ったがいい」

聞くに堪えない、叔父の陰口を止めてくれたのは、雪だった。

「感心せぬな」

笑みを顔に貼り付けたまま、男が黙った。

「『百瀬屋』に不服があるならば、直に申すのが筋だ。いくら『百瀬屋』を悪《あ》し様《ざま》に言っても、この店の者は誰も乗らぬぞ」

じっと、男が雪を見た。雪が静かに男の強い視線を受け止める。

男が、ふいに笑み崩れた。

腰を折り、こいつは失礼いたしました、と雪に詫びる。

「ちょいと、悪ふざけが過ぎたようにございます。では、あたしはこれで」

礼をしたいと引き留めた幸次郎を丁寧に断り、店を出る。

「ではせめて、お名を頂戴できますか」

幸次郎が、食い下がった。

男は足を止め、そのまま少し間を置いて、くるりと振り返った。

「『椿屋《つばきや》』ゆかりの者で、ございます」

そう言いおいて、男は去って行った。

茂市が、安堵の息を吐いた。晴太郎も、やれやれ、と肩から力を抜いた。

そんな中、雪が厳しい声で呟いた。

「あの男、気を付けた方がいい」

あの男とは、逃げていった困った客のことだろうか。

幸次郎が、「お雪様も気づかれましたか」と応じる。

二人を見比べていた晴太郎を見て、幸次郎は苦い溜息を吐いた。

「あの剃刀《かみそり》のような男の方ですよ、兄さん」

「剃刀って――」

戸惑いながら訊き返した晴太郎を見て、雪が幸次郎と揃いの溜息を吐いた。

「佐菜とさちを助けてくれた話を聞いた時は、なるほど、晴太郎も随分頼もしくなった、と思ったものですが、店では相変わらずですね。そこが晴太郎の美徳でもあるのでしょうけれど、幸次郎の苦労が窺えます」

雪の言葉に、晴太郎は「面目次第もございません」と、頭を下げるしかなかった。

幸次郎が、涼しい顔で「恐れ入ります」と応じている。苦笑いを浮かべていた雪が、再び面を引き締めた。

「あの者。『椿屋』ゆかりと申していたが、幸次郎に心当たりは」

「皆目《かいもく》。『椿屋』という店に覚えはございませんし、あの男は、手前どもの菓子の贔屓のようなことも申しておりましたが、初めて見る顔にございます」

あの者、と雪は繰り返した。

その声は、今日一番の冷ややかさを纏《まと》っていた。

「常に、穏やかな笑みを浮かべ、軽やかに振る舞っていたが、身のこなしに全く隙が無い。目はほんの僅かも、笑っておらなんだ。昏《くら》く冷たい、目をしておった」

今日は、もう店じまいとしましょう。

幸次郎が切り出したのは、日暮れの前、七つの鐘がなる随分と前だった。

店先での騒ぎで訊きそびれていたが、幸次郎のことだ、松沢家で、雪と荘三郎の間を取り持つきっかけになる何かを、聞き込んできたのではないだろうか。

晴太郎は弟に目顔で尋ねたが、幸次郎はにっこりと笑うだけで何も教えてはくれなかった。雪の前でどうだった、と口に出して確かめることもできず、晴太郎はしかたなく暖簾を仕舞った。茂市も、また妙な奴がやってきて騒ぎになっては堪らない、とばかりに表の戸を立てた。そして四人で、八つの休みのやり直しをすることにした。西の家でさちの相手をしてくれているおろく一家は、夕餉《ゆうげ》の仕度もあるし、大黒柱の惣助が帰る前に戻らなければならない。七つの鐘を聞けば、帰っていくだろう。それまでの、ひと休みだ。

雪が、八つの休みのやり直しならば皆と共に、と促してくれたので、茂市が兄弟と茂市、三人分の金鍔を焼いた。

雪には、晴太郎が「青柚子《あおゆず》の葛切」を作った。雪の好物だし、先刻の金鍔と味を変え、さっぱりした菓子がいいだろうと思ったのだ。

雪が寛いでいるせいか、茂市も、幸次郎さえ、遠方から訪ねてきてくれた身内と共にひと休みしているような、柔らかな顔つきで茶を啜《すす》っている。

ほっこりとした座の色合いに押されて、晴太郎は呟いた。

「『椿屋』にゆかりのあるとおっしゃったお人。悪い人には見えませんでした」

すかさず、幸次郎が、

「全く兄さんは、呑気なのだから。甘いものが好きな人はすべて善人だと、信じているのではないでしょうね」

「馬鹿を言うな」

むっつりと、幸次郎の皮肉に言い返す。

雪が笑いながら、晴太郎を庇ってくれた。

「確かにあの者は、善人を巧く取り繕っておったからな。普段から、そうやって、人の目を誤魔化して生きておるのやもしれぬ」

幸次郎が、確かに、と頷く。

巧く取り繕っていた、という割には、幸次郎も雪も、あの男が「善人ではない」ということを、見抜いているようだ。

雪は、剣術や、先刻垣間見せた柔術で行う鍛錬の賜物だろう。幸次郎も、亡き父や日々の商いから、人を見る目を養っている。

感心する一方で、晴太郎は込み入った気分になった。自分が兄なのに、ひとり置いて行かれたような心地だ。

茂市が取り成すように、言った。

「あっしにも、通りすがりに助けてくれた、奇特なお人にしか見えませんでした。まあ、なんですかね、口当たりのいい、わらび餅みてぇな皮を被ってるが、中身は、なかなか恐ろしいもんだったってぇ、ことでございましょうか」

雪が、目を丸くして茂市を見る。

「茂市。そなた、晴太郎と同じだな。なんでも菓子に喩えてしまう」

茂市は、恐縮しきって、体を縮こめた。

「晴坊ちゃまと同じだなんて、とんでもねぇ。あっしは、菓子作りしか取柄がありやせんで」

すかさず、幸次郎が茶化す。

「なんだ、そこも兄さんと同じじゃありませんか、茂市っつあん。ねえ、兄さん。兄さん。どうしたんです。何も言い返さないなんて、余程気疲れ――」

「待った」

晴太郎は、強い語気で幸次郎を遮った。

雪の前で。普段頼り切っている幸次郎に対して。感心しない物言いなのは分かっていた。

けれど、晴太郎の頭の中では、ちかちかと、色々な言葉が光となって、瞬いていた。

――あの菓子に使われていた羊羹は、少し柔らかかったような気がするが。

これは、「五月雨の庭」を雪が評した言葉だ。自分は、寒天を少なくしたのだと答えたのではなかったか。その時、何か閃《ひらめ》いたはずだ。

そう、わらび餅に合うのは、もっと、小豆の味の濃い、それでいてわらび餅の滑らかな口当たりを邪魔しないもの。

そして今しがた、茂市はこう言った。

──口当たりのいい、わらび餅みてぇな皮を被ってるが、中身は、なかなか恐ろしいもんだったってぇ、ことでございましょうか。

わらび餅の皮。皮──。

「それだ、茂市っつあん」

晴太郎が声を上げた。

「兄さん、お雪様の御前ですよ」

幸次郎に窘められ、晴太郎は慌てて雪に詫びた。

「若奥様、ご無礼致しました。実は、わらび餅の工夫を、ずっと考えておりまして。お雪様の御蔭で、先刻閃きかけ、今また、茂市っつあんの言葉を聞いて、その」

「兄さん」

幸次郎が、再び晴太郎を遮った。雪が、微笑んで「よい」と幸次郎を制した。

「人を疑わず、心優しいのがこの者の美徳なら、これは晴太郎の才だ。わたくしは幸次郎に相手をしてもらうから、茂市と新しい工夫のわらび餅とやらに、取り掛かりなさい」

茂市も、晴太郎が何を思いついたのか知りたくて、うずうずしているようだ。雪に深く頭を下げて、晴太郎が茂市を作業場へ促した時、佐菜が訪ねてきた。

「店が閉まっておりましたが、何かありましたか。お前様」

どんな時でも、佐菜の顔を見て声を聞くと、晴太郎の肩に入っていた力は、ふっと緩み、心の隅に暖かい灯りが灯る。蒸し暑い時には、涼やかな風が心の中を吹き抜けていく。

「佐菜。なんでもないよ」

佐菜は、雪を見、のんびりと一休みしていた様子を確かめ、そうですか、と笑った。

「佐菜こそ、どうしたんだい。おろくさん達は、もう帰ったかい」

晴太郎の問いに、佐菜はおかしそうに、ええ、と頷いた。

「大層賑やかで、さちも沢山遊んで頂きました。夕餉の前だというのに、ぐっすり眠ってしまって」

それで、さちを置いてきたのか。

晴太郎が頷くと、佐菜が暖かい笑みを湛えて、雪に向かった。

「姫様、松沢の若殿様からお文が届きましたので、お持ちいたしました」

晴太郎は、そっと幸次郎を見た。幸次郎は、相変わらず涼しい顔をしている。

雪は動かない。

佐菜を見ようとせず、佐菜が恭《うやうや》しく差し出した文へも、手を伸ばさない。面は、半端な笑みのまま固まり、息さえも忘れたようだ。

「あの、姫様。お雪様」

佐菜が、急かすように雪を呼ぶ。

促され、雪の白い指が文に伸びるが、指先を小さく震わせると、手を引いてしまった。

迷うように文を見つめ、そして小さな溜息を吐いた。

「では、そなた達の住まいで、読ませてもらうとしよう。佐菜も、さちをひとりで寝かせておいては、気が気ではないだろう」

慌ただしく店の戸締りをし、皆で西の家へ戻った。

さちはまだ眠っていたが、大勢が一斉に帰って来た気配に、寝ぼけ眼で起き出し、雪に「おかえりなさいませ」とおしゃまな挨拶をした。それから、佐菜に甘え、目がすっかり覚めると幸次郎の膝の上に収まった。

雪を上座に、大人達が一堂に会すると、茂市がいち早く察した。

「おさち嬢ちゃま、茂市と向こうで、少し遊びましょうか」

「うんっ」

さちが、嬉しそうに幸次郎の膝から立ち上がり、茂市に抱かれて二階、幸次郎と茂市の寝間へ上がって行った。

雪は、目の前に置いた夫の文を暫く見つめていたが、やがて意を決したように手に取り、開いた。

晴太郎は、雪が文の字を、丁寧に目で追うのを、息を詰めて見守った。

ほろりと、雪の瞳から涙が一粒、零れ落ちた。

晴太郎も仰天したが、誰よりも驚いたのは、雪自身だったようだ。

戸惑ったように、袖口で目尻を押さえ、俯いてしまった。

佐菜は、思わぬ成り行きに顔色を変えている。晴太郎も心配でならなかった。

まさか荘三郎は、雪が勝手に屋敷を出たことに、腹を立てているのだろうか。

勿論これは、旗本の奥方としては、あるまじき振る舞いだ。けれど、あの荘三郎が雪に対して腹を立てることなぞ、晴太郎はいくら考えても思いつかない。

長い静けさの後、雪が顔を上げた。

ほんのり赤く染まった目尻が、酷く美しかった。

「無様なところを見せたな」

「姫様、そんな」

佐菜が、泣きそうな声で呟いた。

雪が、柔らかく笑って、佐菜を宥める。

「佐菜。案ずることはない」

雪が、荘三郎の文を胸におし抱《いだ》いた。

その仕草に込められた優しさ、愛おしさに、晴太郎の胸は切なくなった。

「茂市も、呼んで欲しい。この騒動に巻き込んでしまった『藍千堂』の皆に、経緯を始めから話すよう、殿からの御指図です」

＊

雪と荘三郎の喧嘩の端緒は、夫の荘三郎と、舅《しゅうと》の利兵衛の言い争いだったのだという。

利兵衛は、とにかく小十郎を猫可愛がりする。祖父なのだから、さもありなん、ではあるが、荘三郎は、それではだめだと言う。小十郎は、いずれ松沢家の跡を継ぐ嫡子だ。甘やかさず、今からしっかり育てなくてはならないと、父を窘める。

だが利兵衛は、息子の言葉を聞き流してばかりで、小十郎を甘やかすことを止めない。

「お前とて、甘やかされ通しでここまで大きくなったのだぞ。お前は、母にも甘やかされていたから、小十郎の倍だ」

そんなことを、大威張りで言う。

荘三郎も負けてはいない。

「我ながら、それでよく、ここまでまともに育ったものです。ですが、小十郎もそうなるとは限りません。何より、二親の甘やかし様と、祖父の甘やかし様とは、訳が違います」

雪は、二人の言い合いを聞いているのが、辛かった。

雪が輿入《こしい》れした頃は、荘三郎が利兵衛に口ごたえをすることはなかったのだ。息子として父に意見する折にも、言葉を慎重に選び、穏やかに、遠回しにと、心を砕いていた。

それが、小十郎を身籠った頃から、少しずつ荘三郎と利兵衛は言い合いをするようになった。

小十郎が生まれてから、目に見えて言い合いは多くなり、荘三郎の言葉選びも容赦がなくなっていった。

雪は、それが自分の所為だと、思っていた。

松沢家の父子の言い争いは、自分と実家の父、疋田五右衛門のそれと、とてもよく似ていたから。

きっと、自分達父娘の悪癖が、松沢家に飛び火したのだ。朱に交われば赤くなる、と言うではないか。

正直、雪も、利兵衛の小十郎に対する甘やかし振りは、度が過ぎると思っていた。

小十郎のやんちゃを叱ったこともない。利兵衛は平気で馬の真似も、じいやの真似もする。望むものは、なんでも与える。

とはいえ、小十郎はまだ幼い。今は、そう目くじらを立てることもあるまい、とも思っていた。

だから、雪は利兵衛の肩を持った。

「お前様、良いではありませぬか。まだ、小十郎は幼《おさの》うございます。これからゆるりと、道理を教えてまいれば」

そう宥めた雪に、荘三郎は言い放った。

「雪が口を出すことではない。黙っていなさい」

突き放された気がした。

所詮、自分は外から嫁いできた者。小十郎の母と言っても、よそ者なのだ。

心が凍った。

そんな時だった。荘三郎が、利兵衛に向かってこんな言葉を投げつけた。

「父上は、お気楽にございますな。ただ、小十郎を可愛がっておれば良いのですから」

雪の中で、細い糸がふつりと切れた。

＊

雪は、細く長い息を吐き出して、呟いた。

「小十郎を慈しんで下さる義父《ちち》上様に対し、『お気楽』とは、あまりにも礼を失したお言葉でございましょう。あなた様は、一体どなたに育てて頂いたのですか。わたくしはそう、殿を責めてしまった。荘三郎様は、困ったような顔をして、微笑まれ、おっしゃられた。雪がそれを言うか、と。荘三郎様は、ご存知だった。お二人の諍いは、わたくしが持ち込んだのだと。いたたまれなくなって、屋敷を出た」

佐菜が、静かに口を開いた。

「恐れながら、姫様。若殿様は、姫様が考えられたこととは、少し異なる意味合いで、そう仰せだったのではないでしょうか」

雪が、照れたように笑った。

「わたくしよりも、そなたの方がよほど殿と義父上様のことを分かっておるな」

佐菜が、しれっと応じる。

「それは、雪姫様とお父上様、雪姫様が嫁がれてからは松沢家の皆様を、わたくしは拝見して参りましたので」

雪は、丁寧に畳み直した文を愛おし気に見つめながら、ほんのりと頬を染め、少し誇らしげに告げた。

「少し照れくさくもあるが、自らの過ちも漏れなく伝えよ、という御指図であるから、な。殿は、この文でこう申されておいでだ」

*

雪。俺は、父上に叱られてしまったよ。

お前は言葉が足りぬ、と。

雪に、父上と俺の言い合いに口を挟まぬよう言ったのも、そなたが俺の父上への口の利き様を窘めた折、「そなたが、それを言うか」と言ったのも、余計な口を出すなと、叱ったのではない。

俺も父上も、小十郎を挟んだ言い合いを、楽しんでおったのだ。

その楽しみを教えてくれたのは、雪、そなただ。

雪と舅殿が、それは楽し気に口喧嘩をしているのが、俺は羨《うらや》ましかった。なんと、仲の良い父娘よ、とな。

幾度も見かけるうちに、俺もやってみたくなった。

恐る恐る、父上に仕掛けてみたら、父上も面白がって、乗ってくださった。

今では、小十郎のことで口喧嘩をするのが、父と俺の大きな楽しみになっているのだよ。

それがきっかけで、父と俺は今までで最も近しく、何でも言い合える間柄になれた。

みな、雪と舅殿の御蔭なのだ。

なぜ、そこまで雪に伝えてやらぬと、父上に本気で叱られた。

言葉にせねば、伝わらぬこともあるのだ。ましてや雪は、負い目を感じている。自分と父が言い合いばかりしているせいだ、その言い合いを、松沢家へ持ち込んでしまった、と。

よいか、雪。

そなたは、よそ者ではない。大切な松沢家の身内なのだ。

父上の娘であり、小十郎の母であり、俺の妻だ。

そなたがおらねば、無駄に広い屋敷に、隙間風が吹くようだ。

もう、そなたが輿入れしてくる前の、静かだが侘《わび》しい暮らしには戻れぬ。早う、戻って参れ。

とはいえ、佐菜と積もる話もあろう。今宵一晩は、ゆるりと懐かしい昔語りでもするがよい。

明日の昼四つ、佐菜が昼餉の仕度で忙しくなる前に迎えをやるゆえ、その折に必ず戻って参るように。

情けないが、そなたがおらぬと、我ら男三人、揃って寂しゅうてならぬ。

＊

佐菜が、すん、と鼻を啜ってから、笑い泣きの声で茶化した。

「まあ、常々、分かってはおりましたが、御仲の良いことで何よりでございます」

「佐菜に言われたくないが」

悪戯《いたずら》っ気を交えた雪の言葉に、佐菜が頬をほんのりと染めて、晴太郎をちらりと見た。

晴太郎は、隣に座っている佐菜に向かって、こっそり囁いた。

「正直、若奥様が、松沢様の屋敷を出ていらしたと知った時は、どんな嵐になるんだろうと、肝を冷やしたけど、何のことはない、袖笠雨《そでがさあめ》だったたな」

袖笠雨。袖を笠にしてしのげるほどの、小雨のことだ。

「お前様」

「兄さん」

「晴太郎。聞こえておるぞ」

佐菜、幸次郎、雪から一斉に窘められ、晴太郎は首を竦めた。

笑いを堪えそこなった茂市が、ぎこちない咳ばらいを三度、繰り返した。

茂市の膝の上のさちが、心配そうに茂市を見上げた。


一階の晴太郎と佐菜、さちの寝間を、晴太郎は雪と佐菜に譲った。さちは、今日は幸次郎と茂市と寝ると、大はしゃぎで二階へ上って行った。

晴太郎は、ひとり、店へ戻った。

やりたいことがあった。

思いついた、わらび餅の工夫だ。

明日、松沢屋敷へ戻る雪に、どうしても持って帰って貰いたかった。

どうして、今まで考え付かなかったのだろう。

わらび餅が乾かないようにする、上に掛けるきな粉や砂糖の工夫ばかりに目が行っていた。

だが、それとは別に、餅の中に何か隠してもいいのではないか。

まずは、その中身からだ。

元は、「五月雨の庭」に使った、一種の羊羹。

あれは、寒天を少なくして、ほんの少しゆるい仕上がりにした。

わらび餅に合うのは、もっと濃いもの。

寒天を少なくするのではなく、小豆の種を濃くする。そうすれば、少し違った、もったりとした柔らかさになるはずだ。

その種の緩さと寒天の塩梅を、一晩で、ひとりで見つけられるか。

作業場に灯りを付けていると、裏口でことりと、音がした。

驚いて振り向くと、当たり前の顔をして、前掛けを付けている茂市の姿があった。

「茂市っつあん」

「水臭うございますよ、晴坊ちゃま」

「どうして」

茂市が、少しだけ人の悪い笑みを浮かべた。

「『百瀬屋』の頃から数えて幾年、一緒に過ごさせて頂いたと、思っておいでです。早く、新しい工夫を試してみたい。顔じゅうでそうおっしゃっていたじゃあ、ごぜぇやせんか」

晴太郎も笑った。

「そうだったね」

「新しい工夫、あっしにも教えてくだせぇ。置いてけ堀は、寂しゅうごぜぇやす」

茂市も、晴太郎と同じ、とんだ菓子莫迦《ばか》だ。

「わかったよ。でも、無理はしないでおくれ」

「何をおっしゃいますやら。夜なべの一晩や二晩、なんともありません」

茂市の言葉が、晴太郎は頼もしく、嬉しかった。

茂市と晴太郎、二人とも得心の行くわらび餅が出来上がったのは、夜が明ける半刻程前のことだった。

見た目は、いつものわらび餅と変わらない。

柔らかで、もっちりとしたわらび餅に、砂糖抜きのきな粉をたっぷりと掛けて、乾くのを防ぐ。

だが、一口わらび餅を嚙むと、中から漉《こ》し餡が出てくる。

ただの漉し餡ではない。蜜と水羊羹の間のような柔らかさ、ぷるり、とろりとした、ちょっと変わった口触りで、小豆の味の濃い、寒天入りの漉し餡だ。

これが、わらび餅のなめらかさと、良く合うのだ。

隠れている漉し餡に、まず、驚く。

そして、その旨さに顔が綻ぶ。

これは、そんな「変わりわらび餅」だ。

夜明けに様子を見に来た幸次郎に食べさせたら、目を輝かせて言った。

「早速、今日から売ります。まずはご贔屓頂いてる方々へご案内します。注文を山ほど取ってきますから、沢山つくれるよう、仕度をしておいてください。夏の看板にしますよ」

なんだかんだ言っても、幸次郎も菓子莫迦だ。

早速、仕度を始めた弟へ、晴太郎は確かめた。

「あのさ、幸次郎。ひょっとして、荘三郎様にお雪様へ文を書いて下さるよう、お前が頼んだのかい」

幸次郎は、きっと松沢家で何かやらかしてきた。晴太郎は、そう思っていた。

幸次郎が、悪びれた様子もなく告げた。

「そんな出過ぎた真似を、私はしませんよ。兄さんと違いますから。ただ、あの時の兄さんの呟きを、もう少し分かり易くお伝えしたまでです。『お雪様のお哀しそうなご様子が、松沢様へ嫁がれる前、思い悩まれていた頃と同じようだ。兄が、そう申しておりました』と、ね。さすがは若殿様、お雪様のことを良くご存知です。私が一言お伝えしただけで、分かった、雪に宛てて文を書こう、と仰せで」

晴太郎は、呆れて笑った。

「幸次郎、お前こそ、さすがの策士だよ」

午前《ひるまえ》、屋敷へ戻る雪に、土産として「変わりわらび餅」を渡した。

今、ここで食べてもらわなくても、松沢家の人々の「おいしい顔」は、はっきりと晴太郎の目に浮かんでいた。

見た目だけでは分からない。

食べてみて初めて、真実《ほんとう》――漉し餡の味と出逢う。

思いつきの切っ掛けは、怪しげだと雪と幸次郎が言った男だったが、出来上がったわらび餅のおいしさは、松沢家の人々がもたらしてくれた、昨日の温かな騒動、そのもののようだから。表に出た言葉だけでは分からない、互いを慈しむ暖かさ。歯に衣着せない言い合いの奥に隠された、信頼。

幸次郎が帰って来た。

あの顔は、思った以上に注文が取れたな。

さあ、今日も暑くなるぞ。

晴太郎は、袖を括った襷を、結び直した。

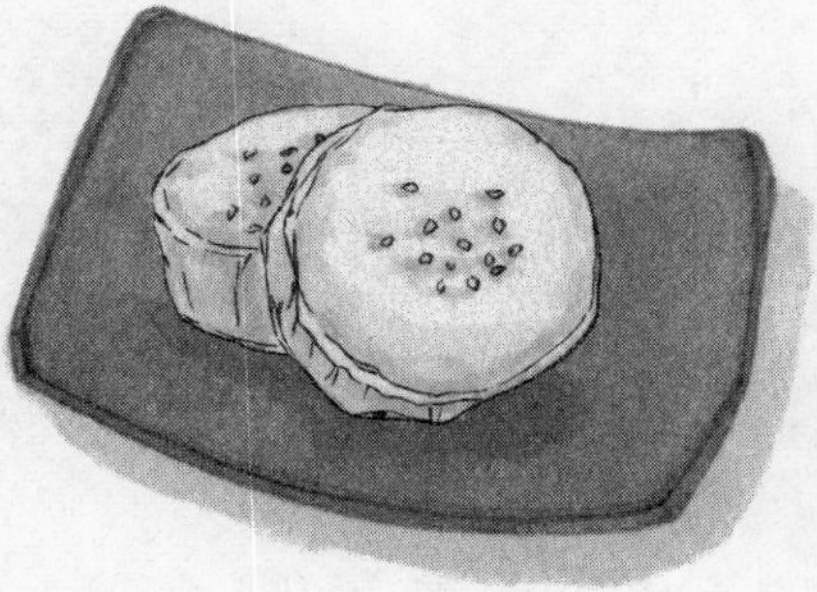

狐の嫁入り

秋の初めは、まだ暑い。

つくつくぼうしの景気のいい鳴き声も、暑さを上乗せしているような気がする、昼下がりのことだ。

秋の菓子帳を贔屓《ひいき》客へ見せに回っていた幸次郎《こうじろう》が、顰《しか》め面をして帰ってきた。

晴太郎《はるたろう》は、暑さが苦手だ。

うんざりする暑さで手一杯なのに、弟の不機嫌まで引き受けられない。

そう思って、初め晴太郎は、弟の顰め面に知らぬふりを決め込んだ。

だが、そのうち気になり始めた。

いつもの「弟の不機嫌」とは、様子が少し違うのだ。

まず、無口だ。

幸次郎の機嫌が悪い時は、大抵晴太郎の不手際に八つ当たりの矛先が向かう。

いや、八つ当たりではないのだ。晴太郎の不手際には、変わりないから。

晴太郎は、どうにも菓子づくりの他のこと、つまり商いや客あしらい、算盤《そろばん》は苦手だ。それを弟は、「頼りない」「情けない」「主《あるじ》らしくない」と言う。もっともだ。

幸次郎を怒らせる種は、他にもある。

晴太郎が、手ごろな値の菓子を作りたがること。

幸次郎は、「四文菓子なぞ扱っては、上菓子司《じょうがしつかさ》としての評判が下がる」と訴えはするものの、幸次郎自身がいつも上手い工夫を考え、「評判が下がる」ことなく手ごろな値の菓子を売ってくれる。

一方で、もうけを考えず、砂糖の最上級とされる三盆白《さんぼんじろ》を始め、いい材料を使うことも、少し突飛ではないかと自分でも思うような菓子の新しい工夫も、弟は、大概は許してくれる。だから小言を言われるくらい、安いものだ。

ともかく、不機嫌な幸次郎は、いつも以上に晴太郎のちょっとした隙を見逃さない。

今は、晴太郎の不手際がないから、幸次郎は兄に八つ当たりをしてこないのか。

いや、八つ当たりの種がなくても、不機嫌の理由《わけ》を黙っていられず、語りだすのが弟の常だ。

晴太郎は、煉羊羹《ねりようかん》の種を、型となる羊羹舟に流し込んだところで、作業場を離れ、店にいる弟へ話しかけた。

「何か、あったのかい」

早速注文を取ってきたのだろう。店先の小さな帳場格子の内で菓子帳を繰《く》りながら、書き物をしていた幸次郎が、顔を上げた。

「はい」

弟の眉間の皺は飛び切り深いままだ。けれど、同じく不機嫌な目は、晴太郎に問いかけていたのだ。

何かとは、何だ、と。

ひょっとして、気づいていないのか。

晴太郎は、弟の顔をまじまじと見つめた。

「何です」

幸次郎が、胡乱《うろん》げな顔で問い返してきた。

やはり、自身の機嫌の悪さに気づいていない。

晴太郎は、こっそりと腹の中で呟いた。

こりゃ、珍しいこともあるものだ。

「兄さん」

返事を急かすように弟に呼ばれ、晴太郎はぼんやりとした笑みで誤魔化《ごまか》した。

すかさず、幸次郎から、

「何を誤魔化そうとしているんです」

と責められる。

「誤魔化してなんかいないよ」

それは、お前だろうと続けようとして晴太郎は、思い直した。

「どうだった」

訊いた晴太郎に、また、幸次郎が訊き返す。

「どうだった、とは」

「秋の菓子帳を見ていただいたんだろう。評判はどうだったんだい」

ああ、と幸次郎が頷いた。

「上々でしたよ。早速ご注文を頂きましたし。もう少し面白いものも見せて欲しいとも、あちこちで言われました」

そう、と晴太郎は頷いた。

ほっとしたし、嬉しかった。

この春と夏の菓子帳は、ひと捻《ひね》りしたものが多かったから、秋は少し落ち着こうと、奇をてらわず、餡《あん》や砂糖の味、美しい見た目をまっすぐ楽しんで貰える菓子を揃えてみたのだ。

変わったひと工夫も、独りよがりじゃなかったんだ。

うきうきと、弟に告げる。

「じゃあ、『変わり菓子』を揃えた菓子帳を、作らなきゃならないね。急いで考えてみるよ」

「お願いします」

幸次郎もあっさりと応じる。『藍千堂《あいせんどう》』を始めた頃は、変わったことを晴太郎がしたがると、弟に窘《たしな》められたものだ。商いが落ち着くまで、突飛に過ぎる菓子づくりは控えてください、と。

さあ、どんな工夫にしようか。

早速考え始めた晴太郎は、勝手の茂市《もいち》に、やんわりと窘められた。腕利きの菓子職人の声には、笑いが滲んでいる。

「晴坊ちゃま」

なんだい、茂市《もい》っつあん、と訊きかけて、思い出す。

そうだった、幸次郎の不機嫌。

こほ、と小さな咳ばらいをし——我ながらとってつけたようだ——、話を戻す。

「他に、変わったことはなかったのかい」

「なぜです」

そりゃ、お前の眉間に皺が寄っているからさ。

とは言えない。言ったら、弟はむきになって「皺なんか寄せてません」と言い張る。

「なぜって、その、なんとなくだよ」

幸次郎が、晴太郎をじっと見た。視線が痛い。

晴太郎は、またぼんやりとした笑みで、言い直した。

「何にもないなら、いいんだ」

それじゃ、と立ち上がったところで、幸次郎がぽつりと告げた。

「そういえば、叔父さんが、また、お糸《いと》の婿を連れてきたそうですよ」

幸次郎は、自分達兄弟を追い出した清右衛門《せいえもん》叔父に、未だ腹を立てている。

だがそれは、「憎しみ」や「恨み」から、「腹を立てている」に変わっていた。清右衛門叔父を「叔父さん」と呼ぶようにもなった。

いつか『藍千堂』を『百瀬屋《ももせや》』よりも立派な菓子司にして、叔父を見返してやる。

その決心は変わっていないようだが、その心から昏《くら》さも頑《かたく》なさも消えていた。

それは、いいことだ。いいことなのだが。

晴太郎は、座り直した。

「お前ね。それ、ちょっとしたついでのように話すことじゃないだろう」

「なぜです。『百瀬屋』の婿の話ですよ。『藍千堂《うちち》』には関わりないじゃありませんか」

こういうところは、頑なだ。

従妹《いとこ》のお糸は、幸次郎に想いを寄せている。

清右衛門叔父はかつて、幸次郎をお糸の婿にと、考えていた。

晴太郎も、似合いの二人だと思っている。

ただ、当の幸次郎は、晴太郎を追い出した『百瀬屋』に戻るつもりはない、と言い続けている。

お糸の気持ちも、勿論承知の上でだ。

お前は、それでいいのかい。お糸が他の男を婿にとっても、喜んでやれるのかい。

その問いを、晴太郎は呑み込んだ。

幸次郎も、お糸が気になり始めているのではないかと、晴太郎は感じていた。

今が肝心だ。下手につついて、かえって幸次郎の気持ちを削いではいけない。

晴太郎は、とりあえず二人の「色恋」は脇へ置いておくことにした。お糸の婿取りは、「色恋」の話では済まないのだ。

「お糸が辛い思いをしたこと、忘れたのかい」

清右衛門叔父が選んだ婿候補は、これまで、ろくでもない男ばかりだった。婿に店を任せるつもりはまったくなく、お糸の子を自分の手で跡取りに育てようとしているらしい。だから、なまじできる男よりも、ぼんくらの方が扱いやすく、面倒もない、という理屈のようだ。

「うちだって、とばっちりを受けたじゃないか」

晴太郎は、言い添えた。

何を血迷ったか、お糸の気を引こうとした許婚《いいなずけ》の男が、「商売敵」である『藍千堂』の菓子帳を盗もうとして店に忍び込んだ。運悪く賊と鉢合わせした茂市が、怪我を負った。

弟の眉間の皺が、はっきりと深くなった。

晴太郎から目を逸らし、菓子帳をぞんざいにめくりながら、幸次郎が告げる。

「今度の奴は、その心配はないようですよ」

「え、どういうことだい」

「いい奴だって、ことです。お糸もまんざらじゃないらしい。叔母さんは、すっかり乗り気だそうです」

はははあん。

晴太郎は、ようやく幸次郎の機嫌の悪さの元に、思い当たった。

*

『百瀬屋』の総領娘、お糸は、ここ数日戸惑っていた。

先だって、父の清右衛門から「お前の婿を決めてきたぞ」と言われた時は、心の底からうんざりした。

父と大喧嘩の挙句の家出、『藍千堂』に押し入った「許婚」と茂市の怪我。あの時の大騒動が、蘇る。

また、ろくでもない男と引き合わされるのか。

あれと同じような騒ぎを、父はまた起こすつもりなのか。

自分は、父の思う通りの婿取りなぞ、するつもりはない。それが、どれほど世の中の筋から逸れていようとも。

父は、自分と血が繋がらない者に店は任せないと、頑なに思い定めている。

そのためには、婿はぼんくらがいい。お糸との間に子さえ儲《もう》けてくれれば、その子を自分が跡取りに育てる、と言って憚《はばか》らない。

だがそれは、どう考えても『百瀬屋』の為にならない。

ぼんくら婿を、職人はないがしろにし、奥向きの奉公人は軽んじるだろう。

店は乱れ、内証に軋《きし》みが出る。

第一、どんなぼんくらでも、何から何まで父の思惑通りに振舞ってくれるはずがない。

そんなことも、分からないのかしら、お父《と》っつあんは。

怒ってから、お糸は自分を嘲《あざわら》笑った。

「『百瀬屋』の為」なんて、嘘。私は、誰も婿に取りたくないだけ。

思い浮かべたのは、生まれた時から側にいた従兄《いとこ》の、整った顔。

幼い頃は、優しくて、可愛い顔をしていた。

晴太郎従兄《にい》さんに置いて行かれても、お糸の手を引き、お糸を気遣ってくれた。

今は、冷たい目、冷たい横顔ばかり向けられているけれど。

それでも、お糸はずっと、幸次郎の優しさを感じていた。

幸次郎が一番荒《すさ》んでいた時、『百瀬屋』を一番恨んでいた時でも、お糸に対しては、どこかに気遣いがあった。

優しくて、照れ屋で、口の悪い、そして情の深い従兄。

お糸は、首を横へ振って、幸次郎の面影を追い出した。

それから、敢えて茶化した口調で呟《つぶや》く。

「やっぱり、好きなのよねぇ」

他人事《ひとごと》のように幸次郎への想いを口にするのが、このところのお糸の呪《まじな》いのようになっている。

報われる筈のない恋心を、胸の奥にしまい込む呪い。

そうしてお糸は一時《いっとき》、幸次郎を忘れる。

さて、今度はどうやって縁談を断ろう。

色々、策を練って臨んだ顔合わせで、お糸は驚いた。

至極、まともだったのだ。

話すこともまとも。見てくれもまとも——幸次郎には負けるけれど——だ。

それに加え、『百瀬屋』で商いを学びたいと父に申し出たそうで、父もそれを上機嫌で許したらしい。

婿には商いにも菓子にも、口を出させない。

そう言っていたはずが、一体どういう風の吹き回しだろう。

父が信念を変えるほど、見込みのある人物ということだろうか。

いやいや、きっと猫を被っているだけなのだ。

お糸は、騙《だま》されるものかと、構えた。

猫を被っているなら、まずその猫を剝がして、どんな奴なのか見極めなければ。

お糸は、腹を据えて男と接することにした。

我ながら、たくましくなったもんだわ。まあ、二十歳にもなれば当たり前か。年増の仲間入りだものね。

そんな風に自分を茶化しながら。

許婚――と、お糸はまだ認めてはいない――の男の名は、彦三郎《ひこさぶろう》と言った。

越後の鋳物職人《いものし》の三男で、江戸の技を身に着けたいと、神田川の南、多町の鋳物職人の許で見習いをしているそうだ。

とはいえ、一人前になって越後に戻っても、上に兄が二人いるから、親の跡は継げない。

職人として一本立ちするか、どこぞの婿に入るしかないという身の上だ。親に言われて江戸へ修業に来たが、正直、職人よりも商いの方が性に合っている、と考えているらしい。

名前は彦三郎。歳はお糸の三歳上で、二十三。

晴太郎、幸次郎ときて、彦三郎。

まるで、従兄さん達の弟分のよう。

思い至って、お糸はこっそりと笑った。

『百瀬屋』へ通い始めた彦三郎は、生真面目で明るく、優しかった。

お糸には勿論、奉公人にも。

優しいというよりは、腰が低い、と言った方がいいだろうか。

年端も行かない小僧にも、丁寧に話しているのを見て、お糸は噴き出した。

彦三郎は困った顔で、お糸に、

「何かおかしかったでしょうか」

と訊いた。

お糸は、笑いながら言った。

「私にまで、そんな目上に対するような口を利かないでくださいな」

いやあ、と彦三郎は照れ臭そうに笑った。

「この方が、落ち着くんです。そうさせてくださいませんか」

「彦三郎さんがその方がいいなら、構わないけど」

お糸は笑いを堪《こら》えて、応じた。

『百瀬屋』へ通い始めてから三日目、彦三郎は、店ではなく奥向きへやってきた。

庭から声を掛けられ、お糸は部屋から広縁へ出た。

彦三郎は背が高く、広縁に立っているお糸から、少し視線が下がるくらいだ。

その彦三郎の懐が、妙に膨らんでいる。

「何が入っているの、懐に」

訊いたお糸に彦三郎が答えるより早く、「懐の膨らみ」が、もぞもぞと動いた。

彦三郎は、困った顔をして、懐から黒い毛玉を取り出した。

「あら、可愛い」

小さい、小さい黒猫だ。

「つい、拾ってしまいまして。もう少し大きければ放っておいたのですが、まだ乳離れもしていないようで。親を探したものの見当たらず、仕方なく」

ひょい、と差し出され、思わず手に取った黒い毛玉は、小さくて暖かくて、そして少し恐ろしかった。

気を付けて、そっと扱わないと、その命を容易《たやす》く消してしまいそうで。

「それで、今日は遅かったのね」

お糸は言った。

昨日までより、かれこれ一刻以上、遅い刻限だ。その間、ずっと子猫の親を探していたのか。

「もう少し探したかったのですが、こいつが腹を空かせているようだったので、とりあえず連れてきました。帰りにもう一度、探してみます」

彦三郎は、また、困り顔になった。この顔は癖らしい。

「そうじゃなくて」

お糸は、呆れて言った。

「はい」

律義に彦三郎が返事をしたが、お糸の言葉の意味が分かっていないようだ。

こういう太平楽さは、ぼんくらなのかもしれない。

これまで父が連れてきた「婿志願」のぼんくらと違って、微笑ましいけれど。

お糸は、努めて冷ややかに告げた。

「お父っつあん、頭から湯気出してるわよ。約束の刻限から随分経っているでしょう」

彦三郎が目を丸くした。

「しまった」

「この子は、任せて。重湯《おもゆ》なら食べられるかしら」

「え、ええ、多分」

「この子より、あなたは大丈夫なの」

「はい」

困り顔の彦三郎が、小首を傾げた。

「随分、顔色が悪いけど」

ああ、と、彦三郎は笑った。声を潜めて、告げる。

「実は、菓子づくりの本を清右衛門さんから貸していただいたんです。『菓子のいろは』くらいは、お客さんと話をする時の為に、分かっていた方がいい、と。ただ、商いと違って、どうにもちんぷんかんぷんで、はかどらなくて。ここのところ夜なべ続きなんですよ」

「呆れた」

お糸は、呟いた。

「すみません」

彦三郎が、しょんぼりと詫びた。

「彦三郎さんじゃないわ。お父っつあんよ」

「なんだ、よかった」

「今日は早く帰りなさい。ちゃんと寝た方が、頭に入るでしょ」

彦三郎が、嬉しそうに笑った。

「なんだか、お糸さんはおっ母《か》さんみたいだ」

「ば、ばっかじゃないの。そりゃ、私は年増だけど、いくらなんでも彦三郎さんのおっ母さんの歳じゃないわよ」

「これは、失礼しました」

「とにかく、お父っつあんを宥《なだ》めてきて頂戴。あれ以上怒らせると、帰れるものも帰れなくなるわよ」

彦三郎が、神妙な顔で頷き、すぐににこっと笑った。

「わかりました。子猫のことはお願いします」

ばたばたと、駆けて行った彦三郎の背中を見送りながら、お糸は呆れて呟いた。

「呑気なのだか、忙《せわ》しないのだか、分からない奴」

人が近づく気配に振り向くと、お糸付きの女中、およねが顰め面をして、立っていた。

およねは、お糸とは気心が知れた仲だが、信用はならない。

いざとなれば、お糸よりも父母に付くからだ。

盗み聞き、盗み見も得意だ。もっともおよねが見聞きしたことで、助かることも多い。

お糸は、およねに張り合い、顔を顰めてみせた。

「何よ」

「彦三郎さんに、あんな口の利き方をしちゃあいけません。ゆくゆくはお嬢さんの婿様になられるお方ですし、年上でいらっしゃる。何より、彦三郎さんが丁寧な言葉を使っていらっしゃるのに」

お糸は、つん、と鼻を上へ向けて言い返した。

「いいのよ、あれは。あの口の利き方が楽だというんだから」

「それじゃ、お嬢さんも彦三郎さんにお合わせになって」

「合わせてるじゃない。私も楽な話し方をしてるわ」

およねが、溜息を吐《つ》いた。妙に偉そうで、かちんと来る。

「そういうのを、屁理屈と言うんですよ。まったく、いつまでたっても子供でいらっしゃるのだから」

「うるさいわよ、およね」

お糸は、ぴしゃりと古馴染みの女中を叱った。

「それより、重湯を支度して頂戴」

「大変、お嬢さん、お具合でも悪いんですか」

この女。しれっと惚《とぼ》けて。

お糸は、小さく舌打ちをした。どうせ、彦三郎が奥向きへやってきてからずっと、どこかで盗み聞きをしていた癖に。

そうは思ったが、気づかない振りをしてやった。

見逃して、のびのびと盗み聞きをさせてやった方が、いざという時、色々聞かせて貰える。例えば奉公人の様子、父母の様子。

「この子のよ。おなかをすかせているみたい」

小さな黒猫は、お糸の小指を夢中で吸っていた。乳を求めているのだろうか、お糸の掌を、小さな前足でせっせと踏んでいる。

お糸が差し出した子猫を見て、およねが目じりを下げた。

「まあ、大変。早速支度しますね」

ぱたぱたと勝手へ向かったおよねに、お糸は声を掛けた。

「よく冷まして頂戴ね」

「はぁい、分かりましたぁ」

およねの弾んだ声が、返ってきた。

雄の子猫は、『百瀬屋』で飼うことになった。

父の清右衛門は、もう少し大きくなれば鼠を捕るだろうからちょうどいい、などと嘯《うそぶ》いていたが、およねに増して目尻を下げていたのを、お糸は見逃さなかった。

名は母が、くろ、とつけた。

黒猫だから「くろ」なのではなく、「大黒様」の一字を頂いて「くろ」なのだそうだ。全身真っ黒の烏猫《からすねこ》は、福を運ぶという。『百瀬屋』が繁盛するように、ということらしい。

なんとなし、ばらばらだった家が、ゆるくではあるが、くろを軸に纏《まと》まった。冷ややかだった奥向きに、小さな灯りが灯ったようだった。

やんちゃなくろをじゃらしながら、ふと思う。

ひょっとして彦三郎は、そのために、くろをうちに連れてきたのだろうか。

「まさかね」

お糸は、声に出して呟いた。

勿論、彦三郎も『百瀬屋』に顔を出すたび、くろと遊んだ。くろに遊んで貰っている風に見えるのは、お糸の気のせいかもしれない。

庭に面した広縁で、くろと小さな毬《まり》で遊びながら、彦三郎はふと、お糸に訊いた。

「お糸さんは、『百瀬屋』をどうしようと、お考えですか」

くろの話や、庭で見かける蝶や鳥の話をする時と同じ、大層呑気な口調だったので、彦三郎の言葉がしっかり頭に入るまで、ほんの少し時が要った。

まじまじと彦三郎を見つめると、彦三郎が困り顔で笑った。

「なぜ、私に訊くの」

彦三郎を見たまま、お糸は訊いた。

彦三郎は、相変わらずくろと遊びながら、お糸さんでしょう」

「『百瀬屋』の総領娘は、お糸さんでしょう」

「でも、婿は彦三郎さんだわ」

「おや、婿にしてくださるんですか」

ぎくりとした。お糸はさりげなく目を伏せ、心の揺れを隠した。

「お父っつあんは、そのつもりよ」

「お糸さんご自身は、どうお考えなのです」

再び自分の考えを訊かれ、お糸は戸惑い、苛立った。

私の考えを聞いてくれる人なんて、この家には誰もいなかったじゃない。今更、それも赤の他人に訊かれたって、困るのよ。

お糸はどうしたい。

そう訊いてくれるのは、もっぱら『藍千堂』の従兄《あに》達や、二人の周りの人達、『百瀬屋』の外の人ばかりだった。

そういえば、彦三郎さんも「外の人」よね。

そんなことを考えながら、お糸はどう答えるか思案した。

まさか、「婿にする気はない。どうやってお引き取り頂こうか、考えの最中だ」とは言えない。

くすりと、彦三郎が笑った。

なんだか、見透かされているようだ。

彦三郎が、くろを膝の上に乗せながら話を戻した。

「お糸さんは、奥にこもり、黙って婿に店を任せる女人には、思えないのですが」

よくわかってるじゃない。

言おうとして、呑み込んだ。

彦三郎は続けた。

「『百瀬屋』はこのままではいけない。変えていかなければいけない。そう考えておいでalong でしょう。いや、戻していかなければ、でしょうか」

「彦三郎さん、何者なの」

ひんやりと、お糸は訊いた。

困り顔の彦三郎は、からりと笑った。

「越後の田舎者、鋳物職人の息子です」

やっぱり、何かある。だって、誤魔化し方が堂に入ってるもの。化けの皮を剝がしてやらなきゃ。

そう思いながらも、お糸は打ち明けずにはいられなかった。

従兄達でさえ、気づいていないお糸の胸の裡《うち》。『百瀬屋』のこれからのこと。

それを誰かに、聞いて欲しかった。

気をつけなければ。そう考える一方で、彦三郎は信の置ける男だという気もした。それは自分の希《のぞ》みかもしれない。このひとが、信用できる人であって欲しい。ひとりでもいい、自分の味方が欲しい。

自分の胸の裡なぞ、誰に知られたって大したことじゃない。せいぜい、父の耳に入って、また大喧嘩する羽目になるくらいだ。

お糸は、心を決めて口を開いた。

「私は、奥向きのことしか知らない。商いも菓子の作り方もわからない。でも、小さな頃から、『百瀬屋』の菓子をずっと口にしてきた」

ええ、と彦三郎は頷いた。

続けて、という意味だと、お糸は思った。

「だから、菓子の味は分かるつもり。いろんな店の菓子をいちいち食べ比べて確かめなくたって、『百瀬屋』の味が舌に染みついていれば、どちらが上か、どう違うかは、一口食べればわかる。うちの菓子の味が変わったこともね。小さい頃のうちの菓子は、本当においしかった。見た目も可愛いかった」

「今は、違う、と」

「そうね」

お糸は、あっさり答えた。

自分がここで『百瀬屋』の味を誤魔化しても、分かる人には分かる。そして、そういう客は皆、従兄たちの店、『藍千堂』へ流れて行った。

ちろりと、お糸は彦三郎を見た。

「父や職人たちの腕が悪いんじゃないわよ」

視線を逸らし、続ける。

「まあ、そりゃ、神田相生町《あいおいちょう》の菓子屋の職人には負ける、かもしれないけど。砂糖や小豆《あずき》の質を昔と同じに上げれば、その辺の菓子屋なんか、足元にも及ばないんだから」

くすりと、笑う気配がして、お糸は再び彦三郎へ視線を戻した。

「何よ」

「いえ」

「言いなさいったら」

「お糸さんは清右衛門さんが、自慢なんだなあ、と思って」

かっと、頬が熱くなるのを感じた。

ぷい、と顔を逸らし、

「私は、お父っつあんもおっ母さんも、職人や奉公人と同じように、きちんと見定めているだけよ」

「そうですね」

応じた彦三郎の声が、生真面目だったので、お糸はまた、彦三郎を見た。

彦三郎はすやすやと眠ってしまったくろの頭を撫でながら、庭へ目を向けていた。

「確かに、今の『百瀬屋』は、『藍千堂』さんに勝てないでしょう」

この男は、晴太郎の店を知っている。

お糸は、頰を引き締めた。

彦三郎は続ける。

「それでも、先代が築いた『百瀬屋』の信用は、大きい。ただ、このままではゆっくりと坂を下っていくしかない」

「これでも、一時よりはまともになったのよ」

「ええ。仕入れ先に無茶を言わなくなったこと、職人達を気遣うようになったことは、地味だけれど大きい。後は、店の勝手な都合で客を選り好みしない、せめて砂糖と小豆だけは、今よりもいいものを使うこと、でしょうか」

肝が冷えた。その一方で、心が躍った。

彦三郎は、自分と同じことを考えている。

「父は、『藍千堂』に負けることを、未だに恐れているの」

しまった、と思った。

これは、容易く口にしていい話ではない。とりわけ、信用ならない奴には。

お糸は唇を噛んだ。

用心していたはずなのに、なぜ、こんな話をしてしまったのだろう。

そろりと、彦三郎の顔を窺う。彦三郎は、いつものように困った顔をしていた。

「心配しなくても大丈夫。お糸さんから聞かなくても、それくらいは、見ていれば分かります」

そう、とお糸はようやく、呟いた。

彦三郎は言った。

「『藍千堂』さんの菓子と、『百瀬屋』の菓子は違います。あちらは、味も見た目も華やかで、作り手の才気がはっきりと見える菓子ですね。色々な驚きもある。そういう菓子を、主はつくりたいのでしょう。目にした人が驚き、口にして顔を綻《ほころ》ばせるような菓子。けれど『百瀬屋』の菓子は、驚きや喜び、想い出や願いとは無縁です。そこが『百瀬屋』の菓子のいいところだ。いつ、どんな時に食べても、同じ味。『あそこの菓子は、こういう味だ』と信じている客を裏切らない。安心できる菓子が、『百瀬屋』の売りです。『藍千堂』さんと同じ土俵に上がる要なぞ、まったくないんですよ、お糸さん」

お糸は、ゆっくりと、息を吐いた。

知らない間に凝り固まっていた考えが、すう、と解けていった。

『藍千堂』に、勝つ。父の頑なな考えを、どうにかして変えなければいけない。

そう思っていたのに、いつの間にか自分が父親に引きずられていた。

「考えてなかった。そんなこと」

「おや、そうですか」

「確かに、面白みも可愛さもないけれど、そこが『百瀬屋』のいいところなのかも、しれないわね」

「味が分からないお客さんばかりが、こちらに残っている訳ではありませんよ。今ついてくださっているお客さんは、安心できる味をお求めになってのことです」

お糸は、頷いた。

「その『安心できる味』を、もう少し引き上げなきゃね」

「ええ」

「でも、難しいわ」

「砂糖と小豆、ですか」

「小豆は、お父っつあんがその気になってくれれば、なんとか、なる。でも砂糖は難しい」

「小豆も、そう容易くは進まないかもしれません」

「え、どうして」

思わず、お糸は問い返した。

「いえ、なんでも」と、彦三郎が困った笑みで首を振る。

お糸は、溜息を吐いた。

「まあ、そうね。どうせお父っつあんのことだから、小豆の仕入れ先を変えた時に、ひと悶着起《もんちやく》こしてるんだろうし」

お糸は、断じた。

「それでも、砂糖は飛び切り厳しいわ」

「『伊勢屋《いせや》』さんが、『百瀬屋』に腹を立てていますからね」

お糸は、苦い溜息を吐いた。

もう、驚くことにも疲れた。

神田佐久間町は和泉橋の東に、薬種問屋『伊勢屋』はある。主の総左衛門《そうざえもん》は、先代清右衛門の幼馴染で『藍千堂』兄弟の後見役だ。

友の大切な忘れ形見である晴太郎と幸次郎を『百瀬屋』から追い出した挙句、砂糖の仕入れも他へ切り替えたことで、お糸の父は伊勢屋総左衛門を、怒らせた。

当の従兄達とは、長兄、晴太郎のおだやかな性分もあって、少しずつだが、雪解けの気配がしている。一方、『伊勢屋』とお糸の父は、反目し合ったままだ。

砂糖は薬種問屋が扱う。

『伊勢屋』の砂糖は、先代清右衛門が「『百瀬屋』の味の大元だ」と言っていたほど、飛び切り質のいい三盆白だ。三盆白は、一番上等な白砂糖のことで、『伊勢屋』が扱う三盆白よりもいい砂糖なぞ、江戸では見つからない。

『伊勢屋』は、江戸屈指の薬種問屋で、神田界隈の顔役でもあるのだ。

つまり、このままでは、『百瀬屋』は江戸最上の砂糖を手に入れることができない。

「彦三郎さん、隠密廻《おんみつまわり》の旦那に知り合いでもいるの。それとも、あなたが隠密廻」

お糸の軽口に、彦三郎は困った顔をするのかと思っていた。

けれど、彦三郎はにっこりと笑って言った。

「はずれです」

いつもの彦三郎らしくなくて、お糸の胸は微かにざわついた。

「なんだか、信用ならない」

お糸は、言ってみた。

「信用頂いて、構いませんよ」

くろをお糸に預けた時と同じような気安さで、彦三郎は請け合った。

「だって、そうでしょう。仮に私が『百瀬屋』を乗っ取ろうとしているのだとして。清右衛門さんに婿として選んでいただいた時に、私の目論見は九分がた成就しているようなものです。今更余計な画策をする方が危ない。現にお糸さんとこんな話をしていると知れたら、間違いなく婿入りの話は立ち消え、すぐにここから放り出されるでしょう」

「お父っつあんなら、やるわね」

迷いもなく応じてから、お糸は宙を見て告げた。

「乗っ取ったって、いいわよ。そもそもこの店はお父っつあんが乗っ取ったんだから。因果応報だわ」

「投げやりなんて、お糸さんらしくないですね。この店も、清右衛門さんも大切に思っているのに」

「覚悟をしているだけ。自分達がしたのと同じことを誰かにされても、文句は言えないって」

「つくづく、たくましいなあ。お糸さんは」

彦三郎は、明るい声で言った。それから、さらりと同じ調子で告げる。

「私は、構いませんよ。お糸さんが誰を想っていても」

お糸は、驚き過ぎて、何も答えられなかった。

彦三郎は困り顔で続ける。

「私は、『百瀬屋』の婿というだけで、十分。お糸さんの亭主の座は最初《はな》から諦めています。跡取りを、って迫られると厄介ですが、適当に誤魔化していれば、そのうちいい方策が見つかるでしょう」

「お前、何者なの」

お糸は、もう一度、今度は真剣に訊ねた。

ありったけの疑いを込めて。

困り顔の男は、おっとりとお糸の視線を受け止め、答えた。

「『百瀬屋』の婿になりたい、男です」

「どうして、うちなの。婿が欲しい大店《おおだな》なんて、沢山ある。商いがしたいなら、そっちの方が目があるわよ。お父っつあんは、ぼんくらの婿を望んでるんだから」

彦三郎は、黙ったままお糸を見た。

ふっと、困った笑みが彦三郎の顔から消えた。

「百人一首。藤原義孝《ふじわらのよしたか》の歌を、ご存知ですか」

お糸は、顔を顰めた。

ああいう雅《みやび》で回りくどいものは、苦手なのだ。藤原の何某の和歌が何なのか、本当に知らないが、よしんば甘ったるい恋歌だとして、それを引き合いに出されても、お糸の心は動かない。

「面倒くさい謎かけは、嫌いよ。言いたくないのならいいわ」

自分で探るから、と、声に出さず付け加える。

彦三郎の顔に、笑みが戻った。寂しそうに見えたのは、きっと気のせいだ。

彦三郎が、明るい声で言った。

「亭主の座は諦めているというのは、本当です。ただ、できるなら、私の前では、その、あなたの恋心を仕舞っておいていただけると、ありがたいのですが」

心配しなくても大丈夫よ。幸次郎従兄さんは、私のことなんか眼中にないもの。

胸の裡で呟いてから、お糸は彦三郎を見た。

あからさまな話を、虫も殺さないような笑みを浮かべ、さらりと口にする。

この男、一筋縄ではいかない。きっと、父の手には負えない。

お糸は迷った。

何も迷うことはない。今のうち、父に「彦三郎は怪しい」と告げれば、それで済む。店を乗っ取ろうとしているとでも言えば、何より『百瀬屋』が大事な父だ。血相を変えて、この男のことを探るだろう。それで少しでも何か出てくれば、破談だ。

お糸も、父が次の婿を見繕ってくるまで、一息つける。

それでも、お糸は迷っていた。

そして、自分は飢《かつ》えていたことに気づいた。

自分の『百瀬屋』に対する考え、幸次郎への想い、すべて受け入れて貰うこと。

お糸は、彦三郎を失いたくないと、思ってしまった。

それじゃ、まるで都合のいい男を、私が求めているみたいじゃない。

自分で自分を叱りつける。

むっつりと、彦三郎に言い返した。

「妙なことまで口出ししないで頂戴。まだ、彦三郎さんを婿にするとは、決めてないんだから」

微苦笑交じりに、彦三郎は「はい」と頷いた。

彦三郎は、『百瀬屋』のあれこれを、つぶさに承知していた。

そのことを、お糸は父には告げられずにいる。

彦三郎は、相変わらず商いを覚えると称して、『百瀬屋』へ通い、お糸と色々な話をし、くろと遊んだ。

お糸にとって、彦三郎はいい話し相手だった。

店のことや菓子の話、真面目なことから、互いのおかしな昔話、くろの話。何でも話せば通じる相手だった。

これは、女が口を出してはいけないことだ。

そんな気遣いは、彦三郎には全く不要だった。

二人きりで出かけておいでと、母にけしかけられ、芝居を見に行ったりもした。

芝居の楽しみ方も、お糸と彦三郎は全く同じで、同じところで笑い、同じところで怒った。お涙頂戴の場で、ほろりとしないところも、同じだった。

彦三郎と出逢ってひと月経つ頃には、お糸は、彦三郎が『百瀬屋』の婿に入ってくれたら、どんなに頼もしいだろうと思うようになった。

恋心とは違う。

かと言って、友というには、気遣いが要らなすぎる。

お糸にとって、女友達は、大層気遣いが要る相手ばかりだったのだ。

同志。

ふと、そんな言葉が頭を過《よぎ》り、ぴったりだと思った。

『百瀬屋』を、先代の伯父が仕切っていたような店に戻すための、同志。

手ひとつ握り合ったこともないが、傍目には睦まじい二人を、目を細めて見守ってくれている母の気持ちを考えると、胸が鈍く痛んだけれど。

ある日、およねの目を盗んで『藍千堂』へ向かう途中、和泉橋の近くで、お糸はふと足を止めた。

彦三郎さん、かしら。

人目をはばかるような素振りで、橋の下へ隠れた男が、彦三郎と似ていた気がしたのだ。

お糸は、男の後を追った。

なんだか、胸騒ぎがした。

やはり、彦三郎だ。

和泉橋のたもとまで近づいてみて、分かった。

会っているのは、どこぞの奉公人のような恰好をしているが、目つきの悪い男。

二人とも、周りを気にしているようだ。

どくん、どくん、と自分の心の臓の鳴る音が、聞こえている。

ここにいてはいけない。

見届けなければいけない。

二つの考えが、ぐるぐると頭を巡っていた。

お糸は、彦三郎と目つきの悪い男が、橋の下から出て、何事もなかったかのように別の方角へ去っていくまで、その場を動けずにいた。

いつまでも、こんなところで突っ立ってたって、仕方ない。

そう自分に言い聞かせ、歩き出す。

考えがまとまらないまま進んでいたから、すぐ目の前に立つ人に気づくのが遅れた。

ぶつかりそうになって、顔を上げる。

娘だ。十六、七というところだろうか。身なりからして、裏長屋暮らしのようだ。

「すみま」

せん、と続ける前に、自分の頰が乾いた音を立てた。

目の前の娘に叩かれたと分かるまで、吐息ひとつ分、間があった。

ひえ、と、傍らにいた若い男が、小さく呟いた。

お糸は、娘を見た。

娘は、顔を真っ赤にして怒っていた。

「泥棒猫」

歯の間から押し出すように、娘は呻《うめ》いた。

次いで出た声は、酷《ひど》く耳障りな甲高い音をしていた。

「どろぼうねこっ。彦さんが夢中になったのがどんなひとなのかと思ってたら、ちょっと器量がいいだけの、年増じゃないっ」

あら、嬉しい。器量がいいだって。「ちょっと」は余計だけど。

「どうやって、彦さんを誑《たぶら》かしたのっ。いい小袖着て、ちゃらちゃらして。そうか、お金ね。お金なんかで、彦さんを繋ぎとめておけやしないんだからっ。鋳物職人の三男だって、肩身が狭くたって、彦さんはそんなものに、揺れたりしないっ」

はあ、ぜえ、と、娘は息を切らせて、お糸を睨み据えた。

さて、終わったかしら。

お糸は、叩かれた頬を、軽く指で触れた。

お父っつあんに叩かれておいて、よかったわ。いきなり見ず知らずの小娘に叩かれたくらい、大したことないって思えるもの。

しみじみと考えてから、お糸は静かに口を開いた。

「八つ当たりは、止して欲しいわね」

「八つ当たり、ですって」

「そうでしょう。あなたと彦三郎さんがどんな仲なのか知らないけれど、彦三郎さんが他の女に心を奪われたことを怒っているのなら、彦三郎さん当人を責めるのが、筋じゃないの」

だから、女は嫌なのよ。

言いかけて、呑み込む。

そういえば、私も、その「女」なのよね。

そしてその代わりに、言ってやった。

「それに、当人の性根が変わらなきゃ、私が彦三郎さんから手を引いても、次の女が現れるんじゃないのかしら。そういうの、いたちごっこっていうのよ」

娘は、悔しそうに唇を噛んでいた。それでも退こうとしない。

やれやれ、面倒な。

お糸は、溜息を吐いた。

「私は、別に構わないわよ。婿が彦三郎さんじゃなくても、構わないもの」

娘が、顔を輝かせた。

「じゃあ――」

すかさず、娘を遮ってお糸が続ける。

「甘えないで頂戴。この縁談を持ってきたのはうちの父。まずは父を説き伏せなさい。それから、彦三郎さんは随分縁談に乗り気だから、そっちもあなたが諦めさせるのよ」

「そんな」

「ひょっとして、私にやらせるつもり。見ず知らずのあなたの為に。いきなり往来で人の頰を張った、不躾《ぶしつけ》なあなたの為に、私が。冗談じゃないわ。他人《ひと》にものを頼むのなら、もっと下手《したて》に出なさい」

それじゃ、とお糸は娘の横をすり抜けて、歩き出した。

従兄さん達の店より先に、寄るところができたわね。

お糸は、口許を引き締めた。

それから、何事もなく五日が経った。

彦三郎は何も知らない顔で、『百瀬屋』へやってきて、お糸と語り、くろと遊んだ。

お糸も彦三郎に調子を合わせながら、知らせを待った。娘に叩かれたあの日に頼んだことの、真実。

その知らせが来なければいいと、自分の取り越し苦労であればいいと、念じながら。

ここのところのくろの気に入りは、古ぼけたはたきだ。

低いところから、はたきを横へさわさわと振ってやると、喜び勇んで飛びついてくる。

飛びつく前に、いっちょ前に尻をぷりぷりと振るところが、大層微笑ましい。

はたきでくろの相手をしているお糸を、彦三郎が見ている。

横顔、頰の辺りに静かな視線が据えられているのが、分かる。

「私の顔に、何かついている」

お糸は、彦三郎を見ずに訊いた。

彦三郎が訊き返す。

「見ていることが、分かりますか」

「そんなに睨まれたら、厭でもわかるわ」

「睨んでなんか、いませんよ。綺麗だなあ、と思って」

お糸は、はたきの手を止めた。くろは、止まったはたきに無心でじゃれついている。

照れたわけでも、嬉しかったわけでもない。

彦三郎の声が、透き通って聞こえたことに、ぎくりとしたのだ。彦三郎自身が、その声のように透き通って、消えてしまうのではないか。いや、もう消えてしまっているのではないかという恐れに、お糸は取り憑《つ》かれた。

「やだなあ、何か言ってください。嬉しいとか、いつものように、馬鹿じゃないの、とか」

お糸は、ほっとした。

声がした。彦三郎はここにいる。

「お糸さん」

「何」

「私が何者か、気づいているのではありませんか」

くろが、止まったはたきをしゃぶっている。そろそろ飽きてきたみたい。またはたきをふってやらなきゃあ。

痺《しび》れたような頭で、考えた。

考えながら、お糸の口はひとりでに、言葉を紡いでいた。

「はっきり、分かってる訳じゃないわ。なんとなく、そうじゃないかって思ってるだけ」

そうですか、と呟いた彦三郎の声は、腹が立つほど清々《すがすが》しかった。

お糸は、彦三郎を見た。

彦三郎は、初めて会った時から変わらない、困った顔で笑っていた。

「いつ、気づきました」

「最初《はじめ》から」

「最初、ですか」

「だって、見るからに怪しかったもの。『百瀬屋』のことも、私のことも、『藍千堂』のことも、最初から知りすぎていた」

「そうか」、と彦三郎はこめかみを人差し指で掻いた。

「お糸さんが、『百瀬屋』の話をしたがっていた風だったので、つい、調子に乗りました」

「ええ。でも、そうね。本気で『怪しい』と思ったのは、和泉橋で彦三郎さんを見かけた時。私に気づいていたのでしょう。その後すぐ、妙な娘に因縁をつけられた。あれは、墓穴を掘ったわね。あの娘、私に喧嘩を売る振りで、彦三郎さんの素性を念押ししてきたわ。とってつけたようなわざとらしさと胡散臭《うさんくさ》さに、もう少しで笑いだすところだった」

彦三郎が、呆れたような笑みを浮かべた。

「お糸さんこそ、隠密廻か何かですか」

「嫌われ者が身についているとね、人が裏で何を考えているのか、隠された目論見は何なのか、分かるものなのよ」

「そうじゃないでしょう。お糸さんは、『百瀬屋』の総領娘としてずっと頑張ってきたから、色々なものが見えるようになった」

だとしたら、幸次郎従兄さんのお蔭ね。

お糸は、甘酸っぱく考えた。

幸次郎と添うことは、もう諦めている。

『藍千堂』から幸次郎を、幸次郎から兄夫婦とその娘や茂市を、奪うことはできない。

けれど、自分が幸次郎を慕う気持ちもまた、消せない。

だったら、自分が『百瀬屋』を支えればいい。

そうすれば、せめて幸次郎を慕い続けることは許されるだろう。

お糸は、そう考えるようになっていた。

『百瀬屋』を守るために。「やはり『百瀬屋』の菓子でなければ」という客を増やせるように。

お糸はずっと、そのために心を砕いてきたのだ。

ふっと、男が顔を顰めた。「困り顔の彦三郎」とはまるで別人のような、冷たく、厳しい顔だ。

お糸は、恐ろしいというより、なんだか寂しかった。

彦三郎が自分に見せていた顔は、仮そめのものだったのかもしれない。

彦三郎は、知らない男の顔で呟いた。

「まったく、馬鹿なことを。お糸さんは敏《さと》い人だから、決して余計なことはするなと、念を押しておいたのに」

「和泉橋の下で、かしら」

お糸の問いに、彦三郎は笑った。見慣れた、いつもの顔に戻った。それでも安堵はできなかったけれど。

やはり、彦三郎は、お糸が見ていたことに気づいていたのだ。

「何者なの。言いなさい」

似たような問いを、お糸は幾度この男に投げかけただろう。だが今度の問いは、はぐらかされる訳にはいかない。

お糸は、目に力を込めて、彦三郎を見た。

「引き込み役です」

無造作に、まるで猫の名でも伝えるように、彦三郎は言った。

覚悟していた答えではあった。けれどお糸は、言葉を失った。

「引き込み役とは、盗人一味の中で、目当ての御店《おたな》や屋敷に潜り込んで、押し込みの支度をする者のことです。いざ押し込む時には、内から戸を開けることもします」

「知ってるわ。そんなこと」

お糸は、胸を張って言い返した。

彦三郎が妙な顔をした。

「盗人の一味だと、打ち明けたんですよ」

「聞いてたったら」

「恐ろしくないんですか」

「今まで、言いたい放題言ってきた相手よ。今更怖がれる訳ないでしょう」

これまで彦三郎とは、そんな薄っぺらい話をしてはこなかった。

彦三郎もまた、うわべだけで話を聞いてくれていたとは、思えない。

そう感じるのは、しょせん自分は、甘やかされてきた一人娘だからだろうか。

彦三郎が、声を上げて笑った。楽しそうに。

そういえば、この男が、こんなに派手に笑ったのを見たことがなかった。

「やはり、お糸さんは、いい女だ」

どきりとした。

幸次郎を想う時の、甘酸っぱい胸の高鳴りとは違う、胸が甘く疼《うず》くような、どきりだった。

「失礼ね、女、だなんて」

強がった自分の声が、ほんの少し、上擦った。

ぽつりと、彦三郎が呟いた。

「もっと早く、お糸さんと知り合いたかったな。お糸さんの従兄達のように」

「あの二人は、私が生まれた時から知ってるわ」

「ええ。そういう時から。そうしたら――」

彦三郎は、途中で言葉を呑み込んだ。

そうしたら、何なのだろう。

盗人になぞならずに済んだ、と、言いたいのだろうか。

その生業を選んだのは、自分でしょう。

いつものお糸なら、冷たく言い返しているところだ。

けれど、言えなかった。

「悪いけど、『百瀬屋』は諦めて頂戴。諦めて、二度とここには顔を出さない、盗人仲間に手を出させないって、約束して。そうしたら、今の話は聞かなかったことにする」

自分は、何を言っているのだろう。

そんな容易く収まる話ではない。

逃げてほしいと、心から願っている自分に、嫌気がさした。

店を狙っている悪人に絆《ほだ》され、何が「総領娘」だ。何が、「私が『百瀬屋』を守る」だ。

お糸は、下を向いて、一気にまくし立てた。

「私の気が変わらないうちに、早く行きなさい。言っておくけど、定廻《じょうまわり》の岡《おか》の旦那に、彦三郎さんと仲間のことを、探って貰ってるの。そろそろ知らせが来る頃じゃないかしら。彦三郎さんも仲間も、ぐずぐずしていると、一網打尽でお縄になるわよ」

「岡丈五郎《じょうごろう》様か、それは怖いな」

岡のことも承知で、それでもまったく、怖いとは思っていない口振りだ。

「お糸さん、最後にお願いがあります」

いつもの口調。きっと顔を上げると、見慣れた「困り顔」がこちらを向いている。

お糸は、彦三郎の顔から眼を逸らしたまま、「何」と訊いた。

「神田明神まで、付き合ってくれませんか。二人きりで」

「何ですって」

あまりに呑気な誘いに、お糸は思わず彦三郎を見た。

馬鹿じゃないの、この男。

そう思ったのだ。

やはり、彦三郎は困り顔で微笑んでいた。

お糸が考えていた通りの、どこまでも見慣れた顔つきが、かえって切なかった。

「お願いします。髪の毛一筋たりとも、お糸さんに傷はつけませんから」

顔つきとは裏腹に、彦三郎の声が真摯《しんし》で、どこか切羽詰まっているように聞こえたので、お糸は黙って立ち上がった。

自分は、どこまでお人よし、世間知らずなのだろう。

「ちょっと、待ってて。外出の支度をしてくるわ」

『百瀬屋』のある日本橋室町から西北へ、昌平橋で神田川を渡ると、神田明神は目の前だ。

隣を歩く彦三郎は、憎らしいほど楽し気にしている。

昌平橋からまっすぐ北へ、明神様の東、明神下から境内へ階段を上る。

境内まであと半分、というところで、隣の彦三郎が身構えた。

「お糸、そいつから離れろっ」

明神下の方から、切羽詰まった声が聞こえた。

振り返ると、岡が血相を変えて、階段へ向かってくるのが見えた。

「旦那」

お糸は呟いた。

「そいつは、鋳物職人の息子、彦三郎なんかじゃねぇ」

「逃げて」

お糸が、低く促したのと、彦三郎が、

「これは、好都合」と、ほっとした風で呟いた声が、重なった。

岡が、叫んでいる。

そいつは、口封じにお前《め》ぇを仲間に殺させる気だ。

お糸は、のろのろと、彦三郎を見上げた。

彦三郎は、穏やかに微笑んでいた。

顔色が、酷く悪い。

具合が悪そうだわ。だって、額に脂汗が浮いているもの。

拭いてあげようと、額へ手を伸ばした。

彦三郎の笑みが消えた。階段の上を厳しい目で見据えている。

お糸は、上、境内の方を振り仰いだ。

若い女が鬼のような形相で、階段を駆け下りて来るのが見えた。

お糸を泥棒猫と呼んで、頬を張った、あの時の娘だ。

手に、何か光っている。

お糸、逃げろ。逃げるんだ。

岡の声。

すぐ近くまで、女が迫っていた。

手に持っているのが、匕首《あいくち》だと分かった。

ああ、自分は刺されるのかもしれない。

ぼんやりと、そんなことを考えた。

自分の頭の中も、周りも、白いもやがかかっているようだった。

彦三郎が、お糸を懐に仕舞った。

階段を駆け下りてくる娘に、背を向けて。

何もかもが、ゆっくり動いていた。

抱きしめられるって、温かいのね。
ふと考えた時、彦三郎の身体に何かがぶつかって、揺れた。
彦三郎が呻いた。
お糸っ。
岡の声が、煩《うるさ》い。
「けが、は」
彦三郎が、お糸に訊いた。
お糸は、首を横へ振った。
「よか、た」
どうして、彦さん――。
娘が、呟いた。
駆け寄ってきた岡が、匕首を持ったまま立ち尽くしている娘を捕えた。
彦三郎の身体が傾いだ。
お糸は彦三郎を支えようとしたが、一緒にしゃがみ込んでしまった。
階段から落ちないようにするのが、やっとだった。
岡が、何か叫んでいる。
彦三郎を支えた手が、彦三郎の胸の中よりも温かいもので、濡れた。
お糸の手も、小袖も、鮮やかな赤で染まった。

時が、止まった。

「私の小袖で申し訳ないけれど」

ともかく着替えましょうと、お糸にそっと声を掛けてくれたのは、晴太郎の恋女房、佐菜《さな》だった。

彦三郎の血で染まった手を、佐菜が丁寧に拭いてくれるのを、お糸は他人事のように見つめていた。

手が綺麗になってから、佐菜が手伝ってくれて着替えを済ませた。

岡が彦三郎を担ぎこんだのは、神田横大工町《よこだいくちょう》にある久利庵《くりあん》の診療所だ。

久利庵は、皺くちゃで柄は悪いが、かつて千代田の御城で御典医を務めていた腕利きで、晴太郎や佐菜と懇意にしている。

俺とも顔見知りだから、心配するな。

岡は、お糸にそう告げた。

下働きらしい娘が、血で染まったお糸の小袖と帯をそっと持ち出そうとしたので、お糸は、

「どこへ、持っていくの」

と訊いた。

佐菜が、

「綺麗にしてくれるそうですよ」

と答えたので、そう、とお糸は頷いた。

何も考えたくなかった。

いや、何も感じたくなかったと言った方がいいかもしれない。心が痺れているようだ。

佐菜が差し出してくれた白湯《さゆ》を一口飲んで、お糸は喉が渇いていたことに気づいた。

時を掛けて、湯飲みの白湯を飲み干すと、難しい顔をした久利庵がやってきた。

「先生」

佐菜が、医者に確かめた。

久利庵は、重々しく、首を横へ振った。

久利庵は、お糸の前に座って切り出した。

「日暮れまで保《も》つかどうか」

佐菜が、お糸の肩をそっと抱いてくれた。

私は、大丈夫なのに。

久利庵が続ける。

「あの男、元々先が長くない身でな。かんの臓がかちかちに、固くなっておる。若い者《もん》にゃあ、珍しい病だ。当人は承知らしいぞ」

痺れた頭で、お糸は思い出していた。

時折顔色が悪く見えたのは、そのせいだったのだろうか。

「嬢ちゃん。お前さんに、会いたがっとる。会えるかね」

二十歳の年増を捕まえて、嬢ちゃんもないもんだわ。

お糸は笑ったつもりだった。けれど、頬は石のように固まったままで、自分で動かすことができなかった。

会わなきゃ、彦三郎さんに。

お糸は、立ち上がった。

ちゃんと立ったつもりだった。彦三郎の許へ急いだつもりだった。

けれど、足がもつれて、手が震えて、見かねた佐菜が支えて彦三郎のところへ連れて行ってくれた。

彦三郎は四畳半の部屋にひとり、血の気のない顔で、力なく横たわっていた。

背中を刺されたのだから、仰向けじゃあ辛いのではないかしら。

お糸はぼんやりと、そんなことを考えた。

頬と同じように、唇も固まって動きはしなかったけれど。

傍らに座ると、彦三郎は閉じていた青い瞼を重そうに開けた。

「やあ、お糸さん」

その声も、困り顔も、刺されたことが嘘のように、重い病だということが間違いのように、いつもと同じだった。

「無事でよかった」

彦三郎は言った。

「馬鹿ね」

お糸は、答えた。

お糸もまた、いつものような口が利けたことに、自分で驚き、また、ほっとした。

「覚えていますか。百人一首。藤原義孝の歌」

「ええ。覚えてる」

「私が死んだら、どんな歌か、確かめてください」

「とうに、確かめてあるわ」

彦三郎が、嬉しそうに笑った。

お糸は、本気で言った。

「馬鹿じゃないの」

「分かってます」

「なんで、私なんか、庇《かば》ったの」

「あなたがお糸さんだから、ですよ」

彦三郎が、ふう、と辛そうな息を吐いたので、お糸は慌てて止めた。

「しゃべらないで。少し寝なさい」

「いやです。あと少ししか、もう時はないのに」

こんな風に平気でしゃべっているのに。

あの医者、彦三郎さんが保たないなんて、藪なのじゃないかしら。

お糸は、すがる思いで考えた。

彦三郎が、言った。

「都合よく、岡様がいらしてくださったので、よかった。これで仲間はもう『百瀬屋』を狙うことはないでしょう」

ひゅう、と嫌な音で、彦三郎の喉が鳴った。

お糸は、思わず彦三郎の手を取った。

力なく、その手はお糸の両の手に収まった。

彦三郎が笑った。

「やあ、初めて手を握らせてもらえた。嬉しいなあ」

その声が、ほんの少し掠《かす》れている。

彦三郎が、唇を舐めた。

「幸せでした」

ぽつりと呟いた彦三郎は、いつもの声に戻っていた。

少し困ったような、穏やかな笑みを浮かべているのも、お糸が見慣れた彦三郎だ。

顔色だけが、本当の彦三郎の具合を告げていた。

「実はね。私、お糸さんに一目惚れしてしまったんです」

「一目惚れって、あの顔合わせの時のこと」

そっけなく訊きながら、お糸は自分の頬が気になった。赤くなっていないだろうか。

彦三郎は、軽く笑った。

「それよりもずっと前です。引き込み役として潜り込む前、『百瀬屋』さんを探っていた時、あなたを見つけた。ひと目で惹かれた。ぼろ屑のようだった私を拾ってくれた御頭《おかしら》への恩義を忘れるくらいに、どうしようもなく」

「私なんかの、どこに惹かれたのよ」

「強い目の光。勇ましいところ。敏いところ。負けず嫌いで勝気なところ。そのくせ、危なっかしくて、見ていてはらはらするところ」

「それ、女子《おなご》に向ける誉め言葉じゃないわ」

軽くぼやいたお糸に、彦三郎も軽く笑った。

「盗人のくせに、狙った店《たな》のお嬢さんに惚れるなんて、間抜けですね」

「盗人に向いてないのよ、彦三郎さん」

「そうかもしれない」

清々しく呟いて、彦三郎は続けた。

「幸せだった。お糸さんと共に過ごせて」

「私も、楽しかったわ」

「だから、もう未練はないんです。ただもうちょっと、とは、思いますが。あの和歌のように」

「それを、未練というのよ」

「あはは、確かに。じゃあ、その未練を、最期の願いを、叶えていただけませんか」

お糸は、首を傾げた。彦三郎が答える。

「このまま、いつものように、いろんな話をさせてください。『百瀬屋』の行く末や、芝居の話や、『可愛い菓子』の話。私の命が尽きるまで」

お糸は腹と喉にありったけの力を込め、笑みをつくった。

「いいわよ」

＊

お糸が『藍千堂』を訪ねたのは、「彦三郎」が亡くなってから十日の後、昼食《ちゆうじき》を終え、佐菜が片づけをしている時のことだった。

晴太郎は、どういう顔をしてお糸と会っていいか分からなかったが、幸次郎に耳元で「いつも通りに」と囁《ささや》かれ、どうにか笑顔をつくった。

「やあ、お糸。久しぶりだね」

お糸も笑った。

「ようやく、店の方も落ち着いたから。お佐菜さんに、あの時側にいてくれたお礼を言わなきゃと思って」

痛々しい笑みに見えたのは、自分が経緯《いきさつ》を知っているからだろうか。

晴太郎は、勝手へお糸を通した。

作業場では、茂市が甘い匂いをさせている。

幸次郎が、店へ出た。自分がいない方が、お糸が話しやすいだろうと気を遣ったのだ。

弟の心裡が、晴太郎には手に取るように分かった。

十と二日前のあの日、岡が血相を変えて『藍千堂』へ飛び込んできて、告げた。

お糸の婿が、お糸を庇って刺された。久利庵の診療所へ運び込んだが、どうにもいけない。

「嬢ちゃんひとりじゃ荷が重いだろうから、佐菜さんを寄こしてくれ。それから嬢ちゃんの着替えも頼む」という久利庵からの言伝《ことづて》を受け、佐菜が診療所へ急いだ。

晴太郎と幸次郎も駆け付けようとしたが、岡に止められた。

岡は、言った。

「なるべく、二人で静かに過ごさせてやれ。『百瀬屋』にも、人は出さねぇように言ってある」

晴太郎が幸次郎を見ると、弟は硬い顔をしていた。

その日の日暮れまで保たないという、久利庵の見立ては外れた。

それから丸二日、彦三郎は生き抜き、お糸と幸せそうに語り合っていたという。

ゆっくりと、ろうそくの火が消えるように息を引き取った彦三郎の側に、お糸はずっと寄り添っていたそうだ。

手伝いに詰めていた佐菜は、目を真っ赤にして、打ち明けた。

事の顚末《てんまつ》は、岡から教えて貰った。

弟子入りしていた先の鋳物職人は、「越後の鋳物職人の息子」だと信じていたが、彦三郎は江戸の生まれで、身寄りのない男だった。

『百瀬屋』に縁談を持ち込んだ者も、「越後から来た彦三郎の身内」も揃って偽者で、いずれ『百瀬屋』へ押し込むために、周到に仕組まれていたのだという。

その一味の引き込み役が、彦三郎だった。

大所帯の盗賊一味は、狙いを定め、仕込みをし、押し込むまで幾年もかける気長な奴らが、少なくないのだそうだ。

引き込み役は、狙った店や屋敷に入り込み、奉公人や身内として十分に馴染む。

だが、お糸は彦三郎を疑っていた。

——婿さんを調べてくれって、嬢ちゃんから頼まれた時は面食らったけどよ。ずばり、大当たりだったとはな。いい定廻になるぜ、嬢ちゃんは。

岡は、苦笑いでそんなことを言った。

ところが、やはり箱入り娘は箱入り娘だ。

疑っていることを、一味に気づかれてしまった。

『百瀬屋』は諦めるにしても、疑いを持った娘は生かしておけない。

一味の頭は、そう考えた。

そこで彦三郎がお糸を神田明神へ連れ出し、「色恋のもつれで刺された」ことにするつもりだったのだそうだ。彦三郎と一味の娘は、刺されたお糸を置いて逃げる手はずになっていた。

けれど、彦三郎が裏切った。

算段通りの振りをして、岡の目の前で敢えてお糸を庇って自分が刺され、一味をあぶり出した。

彦三郎は、命に係わる大怪我をしてなお、岡に訴えたそうだ。

――必ず、御頭をお縄にしてください。でないと、お糸さんと『百瀬屋』が危ない。

そうして、彦三郎はぽつりと呟いたのだそうだ。

――御頭は、許してくれるでしょうか。せめて先の短い命を、今差し出すことで、この裏切りを贖《あがな》えるのだろうか。

彦三郎を刺した娘は盗人一味で、彦三郎に惚れていた。だから、お糸への悋気《りんき》はあながち芝居という訳ではなかったようだ。

彦三郎が死んだのはお糸のせいだと、お縄になってなお、毒づいているのだという。

――馬鹿言うんじゃねぇ。彦三郎を刺したのはお前《め》ぇだ。お前ぇが惚れた男を殺したんだ。そう叱りつけてやったがな。

岡は苦々しく、付け加えた。

訪ねてきた贔屓客の相手をしている幸次郎の声が、やけに遠くに聞こえている。

客が、今日は気持ちのいい天気だねと、上機嫌に話しかけている。茂市は、そろそろ、羊羹《ようかん》の種の仕上げに掛かっている頃だろうか。甘い匂いが強くなっている。

晴太郎は、お糸にそっと訊ねた。

「お糸、お前は落ち着いたのかい」

お糸は、さらりと笑った。晴太郎を見ずに。

「私は、平気。おっ母さんと、お父っつあんの方が心配よ。おっ母さんは、せっかくいい婿が来ると思ったのに、お糸が可哀想でならないって泣きどおしだし。お父っつあんは一気に老け込んだわ。何も言わないけど、彦三郎さんなら、店を任せてもいいと思っていたようだから」

そこへ、勝手口のすぐ外、井戸端で洗い物をしていた佐菜がやってきた。

他人事のように語るお糸が、晴太郎は不憫《ふびん》だった。

「お糸」

ここでは、堪えなくていいんだよ。平気な振りをしなくても、いいんだ。

宥めようとしたところを、佐菜に「お前様」と、止められた。

傍らに腰を下ろした佐菜を見ると、佐菜は悲しそうな顔で、そっと首を横へ振った。

お糸が、佐菜と晴太郎を見比べた。

「御馳走様。お佐菜さんが従兄さんを呼ぶ『お前様』、私好きよ。なんだか従兄さんが、頼もしくなったみたい」

「頼もしくなったんだよ」

晴太郎は、軽口で応じてみたが、随分しみったれた物言いになってしまった。

お糸が、笑った。

「いやだ、二人ともそんな顔をしないで頂戴。私は平気。今日はおさっちゃんは。ああ、遊びに出ているのね、きっと。茂市っつあんの寂しそうな顔が目に浮かぶ。そうそう、うち、猫を飼ったのよ。まっ黒な子猫。今度連れてくるわね。きっとおさっちゃんが喜ぶでしょう。あら、私ったら、お佐菜さんにお礼を言うために伺ったのに。あの時は、色々助けてくれて、ありがとうございました」

「とんでもない。大したこともできなくて、かえって申し訳なかったわね」

佐菜の穏やかな受け答えに、お糸も静かに応じる。

「側にいてくれるだけで、心強かった」

それから、明るい笑みをつくって、お糸は語った。今日のお糸は、いつにもましておしゃべりだ。

「本当に、私は平気なの。彦三郎さんとは、好き合っていたわけじゃあないから。確かに気は合ったけど。とはいえ、気が合ったのも、『百瀬屋』のこれからを案じていろんな話をしてくれたのも、盗みに入るための支度だったっていうんだから、私もまだまだね。ころっと騙されちゃった。これじゃあ、幸次郎従兄さんに叱られちゃう」

晴太郎が、口を挟む暇もない。

そして、語れば語るほど、お糸は痛々しくなっていく。

佐菜は目顔で晴太郎に、「喋りたいだけ、喋らせてあげてください」と伝えてきたけれど、これではお糸はどんどん辛くなる。

晴太郎は、立ち上がった。

「お前様」

「従兄さん」

佐菜の問いかけと、すがるようなお糸の呼び声が、重なった。

晴太郎は、二人に笑いかけた。

「ちょっと早いけど、金鍔《きんつば》の支度をしてくる。そうだ、いっそのこと、ちょっとの間だけ店を閉めちまおうか。茂市っつあんも、幸次郎も入れて、みんなで一休みしよう」

八つ刻《どき》、『藍千堂』は決まって焼き立ての金鍔で、一休みする。それを狙って岡や久利庵がわざわざ八つ刻に訪ねて来ることもあるのだ。

だが今日は、お糸のこんな顔を、身内ではない人間に見せたくない。

それに、晴太郎にはどうしてもお糸に食べてもらいたい、いや、食べさせなければならない金鍔が、あった。

あの男の、置き土産だ。

すべてを心得ている茂市が、すでに支度をしてくれていた。

勝手から、お糸の「いつもと違う匂いがするけれど、何を作っているの」という問いが投げかけられた。

「見ればわかるよ」

作業場から応じながら、晴太郎は茂市に向かってこっそり言った。

「さすがは『百瀬屋』の総領娘だ」

「おさち嬢ちゃまも負けちゃあいませんよ。もう、三盆白、唐渡《から》りと讃岐《さぬき》ものの違いがお分かりになるようですから」

「そいつは、知らなかった」

他愛ないやり取りを茂市と交わしながら、晴太郎は思いを込めて、金鍔を焼いた。

茂市は、あっしは今日はここで、と言った。幸次郎も、店先にとどまるつもりのようだ。

晴太郎は、まずお糸に、そして次に佐菜に金鍔を出した。

「どうかな」

焼き立ての金鍔を見たお糸の目が、丸くなった。

「可愛い。なに、これ。形は金鍔だけど」

訊いたお糸に、晴太郎が答える。

「白餡で作ってみたんだ。餡には新しい陳皮《ちんぴ》を細かく刻んだものを入れてある」

陳皮は、蜜柑の皮を乾かしたもので、漢方の薬や七味唐辛子に使われる。新しいものは蜜柑の爽やかな香りが強い。菓子にも合うだろうと、晴太郎は前から考えていたのだ。

そして、お糸の好みに沿うように、金鍔の上に、陳皮の色のいいところを飾った。生成り色の丸い金鍔に、橙《だいだい》の粒がぱらりと舞っている。

お糸好みの、『可愛い』菓子に仕上がったようだ。

「食べてご覧」

晴太郎に勧められ、お糸が金鍔を口にする。

頰が綻んだ。

「おいしい。とっても。白餡の金鍔、今まで食べたお菓子の中で一番好きだわ。陳皮の香りが爽やかで、白餡にぴったりね。こんな金鍔、どうやって思いついたの」

晴太郎は、小さな間をおいて、答えた。

「陳皮を足したのは、俺の工夫だけど、白餡で金鍔を作ったら、お糸が喜ぶのじゃないか。そう教えてくれたのは、彦三郎さんだよ」

「え――」

お糸の動きが止まった。

今日、『藍千堂』へ来てから初めて、お糸がまっすぐに晴太郎の目を見た。

「実は、彦三郎さん、一度『藍千堂』へ来たことがあってね。俺も、いろんな話をしたよ。うちの菓子を色々食べて、大層おいしい、見た目も美しいし、嬉しい驚きもある、って喜んでくれた。その後で、あのお人はこう言った」

――不躾でずうずうしいことは承知で、お願いがあります。こちらの白餡で、金鍔をつくってはいただけないでしょうか。きっと、お糸さんがお好みではないかと。

驚かせたいから、お糸には内緒にしてくれと、彦三郎は言った。とても幸せそうに、とても嬉しそうに。

忙しさにかまけて、延び延びになってしまったのが、返す返すも悔やまれる。

お糸が、のろのろと食べかけの金鍔を、見た。

「白餡で金鍔を作る。俺が考え付かなかったのが、悔しいよ。彦三郎さんは、お糸に心底惚れてたんだろうなあ。盗人の目でどれだけお糸のことを探ったって、お糸が『可愛い』と思う菓子は、分からないよ。こういうのは、惚れた男の目じゃなきゃあ」

お糸が、もう一口、金鍔を食べた。

「おいしい」

呟いたお糸の声が、湿った。

お糸の切れ長の目から、涙が溢れた。

お糸は、金鍔をそっと、手の中に包んだ。

「彦三郎、さ、ん――」

押し殺すような、声。

お糸は、その場に顔を伏せた。

肩が震える。嗚咽《おえつ》が漏れる。

佐菜が、お糸の傍らへ行って、背中をそっと擦《さす》った。

「ごめ、なさい。わたしのせい。わたしが、もっと、彦三郎さんを気遣っていたら。半端に逃がそうなんて、しなければ」

晴太郎も、佐菜も、お糸のせいではないとは、言わなかった。

その慰めは、お糸の負い目に蓋をしてしまう。蓋をされた悔い、負い目は、いつまでもお糸の胸に巣くってしまう。それは、かつて生家を追い出された自分が、身に染みて分かっている。あの時、自ら仕舞い込んだ負い目と悔いは、大層長く、晴太郎の心の底に居座っていた。

今は、何もかも吐き出した方がいい。

悔いも、負い目も。悲しさも寂しさも。

お糸は、泣きながら言った。

もっと、いろんな話がしたかった。

一緒に、従兄さんの金鍔を食べたかった。

彦三郎さんの考えた白餡の金鍔が、一番好きだと伝えたかった。

とても大事な人だと、伝えたかった。

佐菜も、お糸の背を擦りながら、泣いていた。

外は、気持ちのいい秋晴れだ。

「狐の嫁入り」だな。晴れているのに、この店だけ雨が降っている。

晴太郎は泣き続ける二人を見ながら、そんなことを考え、そしてほんの少しほっとしていた。

お糸の側に佐菜がいてくれて、よかった。

『百瀬屋』ではずっと気を張っていただろうお糸が、ようやく泣くことができて、よかった。

君がため　惜しからざりし命さへ
ながくもがなと思ひけるかな
藤原義孝

——あなたのためなら、命さえ惜しくないと思っていました。けれど、今は少しでも長く、あなたの側にいたい、そのために生きていたいと、思うようになったのです。

通り雨

茂市《もいち》が、風邪をひいた。

短い秋が瞬く間に深まり、急に朝晩冷えるようになったからだろうか。

熱が高く、咳が止まらない。

歩く足元もおぼつかないというのに、茂市は皆で住まう西の家から出て行くという。

皆に、とりわけ小さなさちに伝染《うつ》してはいけないと、茂市は言う。

佐菜《さな》母娘《おやこ》が来る前は男三人で暮らしていた、今は空き部屋になっている『藍千堂《みせ》』の二階に籠って治すのだと、言い張る。

建具に目張りでもしそうな勢いだ。

熱があるのに。

晴太郎《はるたろう》が宥《なだ》めても、幸次郎《こうじろう》がきつく窘《たしな》めても聞かない。

困った。

晴太郎が頭を抱えたところへ、佐菜が穏やかに、けれどきっぱりと茂市を叱った。

『水臭いことをおっしゃらないでください。茂市さんは私達の身内です。身内に看病させないおつもりですか。おさちも心配しているんですよ。その茂市さんを、この家から出す様を、おさちに見せろと言うんですか。おさちに、茂市おじちゃんはどうしたのと訊かれたら、私は何と答えればいいんです』

ふらふらになりながら、「頑固」に拍車がかかっていた茂市が途端に萎《しお》れたのは、気の毒で心配だったけれど、しゅんとうなだれた様子は、ちょっと可笑《おか》しかった。

佐菜の言葉で、茂市は西の家の二階で養生することになった。

さちは二階へは決して入らない。

幸次郎は、一階の居間で休む。

そういう取り決めにした。でないと、茂市が申し訳ながって、休まらないから。

茂市が寝込んだ次の日、柔らかな秋の陽が傾いた頃、お糸《いと》が見舞いにやってきた。

小さな黒い猫を連れてきたのを見てさちが大層喜んだが、くろ、という名の子猫はお糸から離れようとしなかった。

くろと共に二階へ行き、しばらくしてお糸は戻ってきた。

「茂市《もい》っつあん、眠ったわよ。薬を呑ませて、話をしていたら、すぐ」

「そう」

晴太郎は、頷いた。

佐菜が微笑んで言う。

「では夕餉《ゆうげ》のおかゆは、もうしばらくしてからの方がよさそうですね」

「手間を掛けてごめん、佐菜」

「お前様まで、何を言っているんです」

佐菜に窘められ、晴太郎は幸次郎の膝の上のさちに向かって、ぺろりと舌を出して見せた。

さちが、両の掌で口元を隠し、笑いを堪《こら》える。

ああ、俺の娘はなんて可愛いんだろう、としみじみ考えた。

店は晴太郎と幸次郎でやりくりしているが、お糸が見舞いに来たと佐菜からの知らせを受け、今日は早めに店を閉め、西の家へ戻ってきたのだ。

茂市も心配だが、お糸がどうしているのかも、晴太郎は気になっていた。

少しやつれた。けれど、先日訪ねてきた時の、痛々しく張り詰めた様子は消えている。

元気そうなのはやせ我慢だろうが、やせ我慢をするほどの元気は、あるということだ。

「来てくれて、よかったよ」

晴太郎は、そっとお糸に言った。

お糸は、くろを畳に下ろし、「ほら、おさっちゃんと遊んでおいで」と促した。

くろは動かなかったが、さちが嬉しそうに、くろとお糸のところへやってきた。

さちが、くろの小さな頭に、そっと触れる。

くろが、一歩、さちに近づく。

お互い、恐る恐るだ。

お糸が、ひょいとくろを持ち上げ、さちの膝にぽん、と乗せた。

さちとくろが、互いに固まった。

「おさっちゃんが固くなってると、くろも怖がるわよ。ほら、このあたりを撫でてごらん」

お糸が指した顎の下から首の周りを、そろそろとさちが触れる。

「壊れないから、大丈夫。痒《かゆ》いところを掻くみたいに。そうそう、上手」

初めは耳を伏せ、びくびくしていたくろが、もっと、という風に、さちの手に頭を押し付ける。

子供同士、遊び方は承知なのか、早速さちとくろは楽し気にじゃれ合い始めた。

「その、大丈夫かい」

仲良しになったひとりと一匹を眺めながら、晴太郎はお糸に声を掛けた。

「あら、従兄《にい》さん。心配してくれてたの」

「俺と幸次郎もだけど、茂市っつあんが、お糸のことを気にしていてね」

お糸が、少し悲しそうな笑みを浮かべた。

「そうか。茂市っつあんも、御内儀《おないぎ》さんを亡くしてるんだったわね」

穏やかに呟いたお糸を、晴太郎は見つめた。

茂市は、かつての自分とお糸を重ね、大層案じているのだ。

お糸嬢ちゃま、さぞ、お辛いでしょう。

呟いた茂市の目は遠く、昔の自分を思い返しているのだと、晴太郎も幸次郎も、すぐに気づいた。

ただそのことを、晴太郎はお糸に伝えるつもりはなかったのだ。

お糸が、彦三郎《ひこさぶろう》を思い出して傷つく。

ところがお糸は、茂市が所帯を持ってすぐ、女房と死別していることに思い至ってしまった。茂市が心配しているなぞと、言わなければよかった。

お糸が、晴太郎の顔を見て「いやあね」と、軽く笑った。

「私は大丈夫。言ったでしょう。彦三郎さんに惚れてたんじゃないって。だからといって、哀しくない訳じゃないけど。あのひととは、短い間に、誰よりも沢山、いろんな話をしたから」

「そう」

晴太郎は、何と言っていいか分からず、短く応じた。

恋であろうとなかろうと、心を許した相手の死は、そう容易《たやす》く受け入れられるものではない。

小さな溜息と共に、お糸が困り顔になる。

「もう。家でもこっちでも、そんな顔をされたら、息が詰まるわ。ねぇ、くろ」

さちと夢中で遊んでいたくろが、お糸に呼ばれ、にゃあ、と鳴いた。

自分のところへ早速戻ってきたくろを、さちの許へ再び促しながら、お糸は気づかわしげに訊いた。

「それで、茂市っつあんの風邪はどうなの」

茂市の女房は、性質《たち》の悪い風邪で亡くなっている。晴太郎達も茂市が酷《ひど》い風邪をひいて真っ先に思い浮かんだのは、そのことだ。

お糸に答えたのは、幸次郎だった。

「久利庵《くりあん》先生の話では、このところ流行《はや》り出している、性質の悪い風邪とは違うらしい。しっかり飯を摂り、温かくしてよく眠れば治るそうだ」

そう、よかった、と応じたお糸は、幸次郎を見ようとしない。

お糸はああ言ったけれど、やはり彦三郎に、惹かれたのではないだろうか。

晴太郎は、ふと過《よぎ》った考えを頭から追い出し、話を変えた。

「夕飯、食べていくだろう。佐菜が勝手で張り切ってる」

お糸は、ぺろりと舌を出した。

「ええ、実はそのつもりで来たの。『伊勢屋《いせや》』さんのご飯もおいしかったけれど、お佐菜さんのお菜は、飛び切りなんだもの」

＊

茂市は、うつらうつらしながら、お糸のことを考えていた。

今の茂市にとって、階下は遠く、あたたかな気配だけが、うっすらと伝わってくる。

お糸嬢ちゃまが、思ったよりもお元気そうでよかった。

頭が重く、眠たかった。

先刻呑んだ薬のせいかもしれない。

茂市は、深い眠りに落ちた。


茂市が先代の清右衛門——京太郎《きょうたろう》と出逢ったのは、両国の菓子司《つかさ》だった。

その菓子司は京の出店で、「さすが京の菓子は味も見た目も品がいい」と評判をとっていた。

京太郎は、店の主がとりわけ目を掛けている、一番腕のいい弟子で、茂市はその店に下働きとして入ったのだ。

茂市に、身内はいない。

大工だったという父は、茂市が赤子の頃、屋根の上で足を滑らせ、落ちて死んだ。

母は、女手ひとつで茂市を育てた無理がたたったのか、茂市が十二の時、心の臓の病であの世へ行った。

後ろ盾のない子供の奉公の口は、せいぜいが下働きだ。

茂市は、人と関わるのが苦手だ。

た。


父母を喪《うしな》っているせいか、大切な人を喪うのが、恐ろしかった。

だから、奉公先の主や奉公人仲間と関わりが深くなりかけると、奉公先を移った。

無口で、どんな仕事でも淡々と手早くこなす茂市は、どこへ行っても重宝がられた。

菓子司が何軒目の奉公先になるのかは、もう覚えていない。

菓子司の職人の中でもとりわけ目を引いた京太郎は、明るく、誰にでも優しい男だっ
その腕をやっかまれ、兄弟弟子から心ない言葉を投げかけられたり、嫌がらせを受けることもあったが、京太郎はそのすべてを、柔らかく受け止めていた。

ちっとは、言い返すなり、せめて往《い》なすことを覚えなさりゃあ、いいのに。

茂市は、生真面目で人のいい京太郎が、気がかりだった。

京から来た職人だけでなく、江戸生まれの弟子達も、「京の出店」だということを、誇っていた。

誇るだけならよかったのだが、他の菓子屋、そして菓子作りに携わらない奉公人や、茂市のような下働きをあからさまに蔑《さげす》んでいるのが、茂市は気に入らなかった。

京太郎さんは、十二でこの店に弟子入りしたと聞いたけど、よくもまあ、厭な奴らに染まらずにいなすったもんだ。

茂市は二つ歳上のはずの京太郎を、むしろ弟のように案じた。

下働きを始めて一年、茂市は菓子作りに面白さを感じるようになっていた。

あの綺麗な菓子は、どんな味がするのだろう。

どうやって、餡《あん》から「椿」や「梅」の形をつくるのだろう。

「知りたい」から、自分も「つくってみたい」に気持ちが変わったのは、あっという間だった。

奉公先の仕事を、こんな風に感じることは初めてで、茂市の心は浮き立った。

とはいえ、下働きの身ではどうにもならない。

貧乏人は、大店《おおだな》で働いていようが、繁盛している菓子司で働いていようが、値の張る砂糖や小豆《あずき》は蔵へ運ぶもので、自分の口に入るものではないのだ。

茂市は、虚しさと諦め、そして少しの悔しさを抱えながら、広い作業場での菓子作りを、時折そっと垣間見ることを楽しみに、下働きの仕事をこなしていた。

そんなある日、茂市が庭の掃除をしている時のことだった。

「茂市っつあん」

呼ばれ、振り返って驚いた。

京太郎が、にこにこと笑って立っていたのだ。

下働き仲間や奥向きの女中、裏方の奉公人達は自分のことを「茂市っつあん」と呼ぶが、職人達は皆、おい、とか、お前で済ませる。「茂市」と名を呼んでくれることは、ない。

京太郎に声を掛けられたのは、この時が初めてだった。

「へ、へい。御用でございやすか」

どぎまぎと応じながら頭を下げる。

つい、と木綿の布の小さな包みが、差し出された。

「これ、片付けておいてくれないかな」

受け取りながら、茂市は訊いた。

「あ、あの、こいつは」

「見習いの兼助《かねすけ》が、餡を焦がしてしまってね」

そういえば、作業場から、職人頭の怒鳴り声が聞こえていた。大事な餡を焦がしやがって、馬鹿野郎、と。

京太郎は、にっこりと笑って、囁いた。

「どう片付けるかは、茂市っつあんに任せる。ただ、他の職人には見つからないようにね。じゃあ、よろしく頼むよ」

茂市の返事を待たずに、京太郎は作業場へ戻って行った。

呆気にとられ、茂市は京太郎の背中を見送っていたが、自分の手の中から漂う甘い匂いで、我に返った。

辺りを見回し、木の陰に隠れて、そっと包みを開く。

ほんの一口程の、小豆餡が顔を出した。

茂市は、京太郎の意図にすぐ気づいた。

味見をしてみろ、というのだ。

焦がした餡を始末するのに、職人がわざわざ下働きのところへ持ってはこない。京太郎が焦がしたのではないから、こっそり始末する要もないし、そもそも京太郎は、自分のしくじりを誤魔化《ごまか》すような男でもない。話したのは今日が初めてだが、見ていればそれくらいは分かる。

それに、餡の鍋を焦がしたなら、始末する餡はもっと多いはずだ。

忙しく考えながら、茂市は苦笑いを零《こぼ》した。

それもこれもみんな、自分に都合のいい理屈をつけてるだけじゃあねぇのか、茂市。自分で自分に訊いてみる。

だとしても。

茂市は、すぐに腹の中の自分へ言い返した。

京太郎さんは、ただ、片付けろと言っただけだとしても、これは二度とない機会だ。あんなに、味を確かめたかった餡が手の中にある。

どう片付けるかは任せると、京太郎は言った。腹の中へ、片付けても、いいじゃないか。

丁寧に味を確かめる暇はなかった。

誰かに見咎《みとが》められたら、いくら京太郎がくれたと言っても、京太郎が庇《かば》ってくれたとしても、自分はここを追い出される。

小さく、綺麗に丸められた餡を、ぽい、と口に入れた。

途端に、蕩《とろ》けるような甘さが口に広がり、豆のいい香りが鼻へ抜けた。

砂糖って、餡って、こんな味がするのか。

茂市は、夢中で、口の中からすでに消えてしまった味と香りを追いかけた。

やっぱり、京太郎は味見の為に、餡をくれたのだ。

焦がした餡だという割に、苦みは勿論、焦げた臭いさえ、全くしなかった。

ちゃんと味見ができるところを、選《よ》ってくれたとしか、思えない。

それから京太郎は、色々なものを茂市に、「片付けてくれ」と言って、持ってきた。

乾いてしまった白餡、ひび割れた上菓子《じょうがし》、細かくなって飾りには使えない氷おろし。

口に入れるものだけではない。

茂市っつあんは器用だからと、壊れた篩《ふるい》や羊羹舟《ようかんぶね》、欠けた干菓子の型を直させてくれた。

「私の手には合わないんだ」と言って、真新しい木篦《きべら》を貰った時は、大層嬉しかった。

そうやって茂市は、菓子はどういうものか、どうやって作られるのかを、少しだけれど知っていった。

自分も、つくってみたい。

その思いは、菓子を知るほどに募っていった。

ある日、職人見習いが、派手に白餡を焦がし、大目玉を食らった。

大勢の職人、見習いがいるのに加え、高飛車な職人は見習いにろくに手際を教えない。

その癖、餡を煮る手間を惜しんで――とりわけ、夏は火の側は暑い――、職人頭の目を盗み、見習いに任せきりにする。

だから、混ぜ方や火加減に斑《むら》がでて、餡を焦がしてしまうことは、ままあったのだ。

この時は、茂市が焦げた鍋を洗うように言いつけられた。

井戸端へ焦げた鍋を持って行った茂市は、周りを見回して、ぬくもりの残る白餡を手に取った。

焦げの臭いが染みついて、食えたものではないのだろうが、手触りを確かめるには十分だ。

見た目は焦げていない辺りを手に取り、丸めてみる。

胸が高鳴った。

梅の形ってのは、どうやってつくるのかな。

懐にずっと入れている木篦を取り出し、丸の餡に宛てる。

すっと、白餡に筋が通った時、後ろから声を掛けられた。

「何をしている」

慌てて振り向くと、薄笑いを浮かべた職人が、こちらを見ていた。

飛び切り高飛車で因業《いんごう》な、奴だ。

茂市が、そっと袂《たもと》に木篦を隠したのは、気づかれなかったが、手にしていた白餡は見咎められた。

茂市が、白餡をつまみ食いしようとした。

騒ぎになりかけたところを庇ってくれたのも、京太郎だった。

焦げた鍋を洗うには、まず餡を始末しなければならないだろう。そこを見間違えたのではないか、と。

職人頭からも、店の主からも可愛がられている京太郎の言い分が通ったが、因業な職人に、茂市はすっかり目をつけられた。

餡を焦がした鍋の片付けを茂市が任されることは、なくなってしまった。

茂市もまた、疑われる振る舞いを避けるようになった。

菓子から遠ざかってしまうが、背に腹は代えられない。

すると京太郎は、茂市が仮名だけではなく、漢字も達者に読み書きすると知って、菓子づくりの覚書の清書を頼んでくれた。

清書などいらない程、きれいな字で丁寧に書かれた覚書だ。

茂市が京太郎と言葉を交わすようになってから一年、京太郎は「菓子司」の主として一本立ちを許され、店から去ることになった。

茂市は、京太郎の一本立ちを喜んだ。

京太郎がいなくなったら、他の職人にどんな因業をされるかも分からない。

下働き仲間は、心配してくれた。

菓子も、茂市にとって遠いものになる。

それでも、茂市は喜んだ。

これまで、良くしてくれた京太郎の晴れの門出だ。嬉しくない訳がない。

きっと、京太郎が工夫をする菓子は、江戸で一番の菓子になるだろう。

京太郎の「菓子司」と、そこで売られる菓子を思い浮かべるだけで、茂市は心が躍った。

明日、京太郎が店を去る、という時に、茂市は主に呼ばれた。

雨が、降っていた。

その座には、笑顔の京太郎もいた。

主は、苦笑いで茂市に告げた。

「京太郎の一本立ちの餞《はなむけ》に、干菓子の木型を一揃え、あつらえてやろうと思ったのだが、この変わり者、木型の代わりにお前を預かりたいのだそうだ。まあ、確かに茂市は菓子司の下働きとして、よくやってくれているから、分からない訳でもないがね。どうだね、茂市。お前さえよければ、京太郎の新しい店で、働いてみないか」

茂市は、一も二もなく引き受けた。

これほど心が弾んだことは、初めてだった。

下働きでも何でもいい。

京太郎の店で働ける。

店開きの支度を手伝える。

そして、今まで通り、菓子のことを少しだけ教えて貰えるかもしれない。浮き立っていた茂市を驚かせたのは、京太郎の言葉だった。

「茂市っつあん、菓子職人になってみるつもりはないかい。私が師匠じゃあ、頼りないかもしれないけど」

茂市は、ほっぺたを抓《つね》った。

京太郎が、朗らかに笑った。


それから、月日は駆け足で過ぎ去っていった。

京太郎の父母と、弟の賢吉《けんきち》は茂市を歓待してくれた。

皆、寝る間を惜しみ、大騒動で新しい店の支度をした。

その傍ら、茂市は、賢吉と共に、菓子づくりを京太郎から学んだ。

『百瀬屋《ももせや》』と名付けた神田の小さな店は、瞬く間に評判をとった。京太郎は「清右衛門《せいえもん》」と名を変えた。

父母が亡くなった時の清右衛門の悲しみは、見ていて胸が詰まるようだった。

それから、『百瀬屋』は神田から日本橋室町へ移り、清右衛門は所帯を持った。

店はあれよあれよという間に大きくなり、沢山の職人を使うようになり、茂市は見習いに教える身になった。

清右衛門の息子二人は、大層可愛らしかった。

兄の晴太郎は器用でいい舌を持っている。弟の幸次郎は聡明で算術と人あしらいが得手。どちらも先行きが楽しみだった。

茂市はこのままいつまでも、『百瀬屋』で働くのだと思っていた。

清右衛門と賢吉を助け、若い跡取り二人を盛り立て見守り、過ごしていくのだと。

ところがある日、清右衛門に「茂市っつあん、この店を出てくれないか」と言われた。

後ろから頭を殴られたような気がした。

頭が真っ白になって、口がきけなくなった。

半刻前、急に降り出した雨の音が、やけに耳に障った。

賢吉が、顔を顰《しか》めて清右衛門を叱った。

「兄さん、それは言葉が足りない。茂市っつあんが驚いてるじゃないか」

ああ、ごめん、ごめん、と清右衛門は朗らかに笑った。

「私としては、茂市っつあんに『百瀬屋』を離れて欲しくはないんだけどね」

「じ、じゃあ、なぜでごぜぇやすか」

茂市は、すがるように訊いた。

うん、と清右衛門が静かに答えた。

「茂市っつあんのことは、私が修業していたころから知ってる。見習いを育て、言われた通りの菓子をつくるより、自分の店で、自分の思う通りの菓子をつくりたいと思ってるんじゃあないのかい」

「そんなことは、ごぜぇやせんっ」

「でも、茂市っつあんは、その腕と才を持ってる。うちで埋もれさせるには、惜しい」

茂市は、夢中で首を横へ振った。

自分は、今が一番幸せなのだ。これ以上の幸せなぞ、ない。

それに、と賢吉が遣り取りを引き取った。

「茂市っつあん。お勝《かつ》に付いてくれている女中、お梅《うめ》をどう思ってるんだい」

答える前に、頰が熱くなった。

お勝は賢吉の女房だ。半年前に、お勝の身の回りの世話をする娘が奥向きに入った。名を、お梅という。名前の通り、白梅の花のように可愛らしく、梅の香りのように清々《すがすが》しい娘だ。

清右衛門と賢吉は、顔を見合わせて頷いた。

「やっぱり、義姉《ねえ》さんの勘は、大したものだ」

賢吉の呟きには、笑いが混じっている。

「御内儀さん、おしのさんが――」

茂市は、思わず呟いた。

清右衛門が、悪戯《いたずら》っ子のように頷いた。

「うん、おしのがね、茂市っつあんとお梅は、好き合ってるのじゃあないかって。私も賢吉も、そんなことはないだろうと言ったんだけど」

賢吉が言い添える。

「お勝まで、言われてみれば義姉さんの言う通りかもしれない、って言いだしてね」

「お梅ちゃんが、あっしを――。そんなこと」

ありえない。あの娘は人気者だ。自分のような地味で上手い世辞のひとつも言えない男なぞを想ってくれるはずがない。

茂市が首を横に振ると、清右衛門が呆れたように笑った。

「なんだ、茂市っつあんは気づかなかったのかい。お梅は茂市っつあん、一筋だよ」

「兄さん。自分はすべて分かっていた、みたいな口を利かないでくれ。それ、義姉さんの受け売りじゃあないか」

清右衛門が、ぺろりと舌を出して笑う。

菓子に向かっている時はきりりと厳しい顔をしているが、こういうところは、子供のようだ。

清右衛門は子供のような顔のままで、茂市に訊いた。

「どうだい、茂市っつあん。お梅と所帯を持つんなら、やっぱり自分の店を持った方がいいと思うんだよ。私も賢吉も、手助けするから」

そこへ、清右衛門の内儀おしのが満面の笑みで、お梅を連れてきた。

お梅は、白梅から紅梅になったように、顔を真っ赤に染めて俯《うつむ》いていた。

茂市は、心から可愛らしいと思った。

それから、茂市の一本立ちの話、お梅と所帯を持つ話は、とんとん拍子に進んでいった。

清右衛門の幼馴染にして、薬種問屋『伊勢屋』の主、総左衛門《そうざえもん》が、菓子屋にはちょうどいい神田の表店を貸してくれることになった。

新しい店の普請が終わり、お梅と祝言を上げ、自分の菓子屋を始めるまで、なんだか夢の中にいるような心地だった。

けれど、いざ、菓子を作り出すと、瞬く間に地に足が着いたようになった。

お梅と二人の暮らしも、自分で工夫した菓子をつくって売るのも、楽しかった。

茂市は、幸せだった。

けれど一抹の寂しさが、茂市の中に居座っていた。

清右衛門夫婦、賢吉夫婦、『百瀬屋』の奉公人と共に過ごせたなら、この楽しさや幸せは幾倍にもなっただろう。

二人きりの暮らしは、穏やかで静かだったけれど、茂市は『百瀬屋』の賑やかさが、ほんの少しだけ、懐かしかった。けれどそれは、贅沢な悩み、我儘《わがまま》というものだ。

そんな幸せは、あっけなく茂市の手からすり抜けて行った。

お梅と所帯を持って半年、お梅は、茂市を置いてあの世へ行ってしまった。

性質の悪い流行り風邪に、罹《かか》ってしまったのだ。

弔いは、祝言よりもあっという間に済んだ。

ひとりになってしまった茂市に、清右衛門は声を掛けてくれた。

『百瀬屋』へ戻って来るかい、と。

茂市は、ありがたい申し出を断った。

茂市の店には、お梅の想い出が詰まっている。この店がいとおしい。

清右衛門や賢吉、伊勢屋総左衛門が手を尽くしてくれ、お梅と共に作った店。

『百瀬屋』と同じ、砂糖のいい匂いがそこかしこに染みつき始めた、店。

清右衛門は、茂市っつあんがそう望むなら、と笑って許してくれた。

そして、忙しい中、折を見て顔を出してくれるようになった。

清右衛門とは、菓子の話ばかりをしていた。

主と職人ではない、菓子屋同士の話は、茂市の心を随分と慰めてくれた。

そうして歳月が流れ、ひとりの暮らしにも、茂市はすっかり慣れた。

ある日、何気なく茂市は訊いた。

「晴坊ちゃま、幸坊ちゃまはお元気ですか。ずいぶんと大きくおなりでしょう」

清右衛門は、幸せそうに笑った。

「茂市っつあんには、甘いと言われるかもしれないけどね。いい子に育っているよ。晴太郎はいい職人になるだろう。幸次郎は、爺様《じじ》の商いの才を受け継いでいるようでね。そのうち、私も叱られるようになるのじゃないかな」

ふと、清右衛門が笑みを収め、茂市を見た。

「茂市っつあん。頼みがあるんだ」

真摯《しんし》な清右衛門を目の当たりにし、茂市も居住まいを正した。

「へぇ。何なりと」

「うん。褒めはしたけどね、あの子たちは、『百瀬屋』しか知らない。勿論、だからといって、菓子作りの腕や商いが劣るという訳じゃない。私もおしのも、そんな半端な育て方はしていない。けれど、他を知らないがゆえに、例えば人との接し方で、壁にぶつかったり、傷ついたりすることがあるだろう。やっかみや悋気《りんき》、悪意を受けることもある。世の中は善人だけでできてるわけじゃない。その時は、茂市っつあんがあの子たちの助けになってやって、くれないだろうか」

茂市は、迷わず頷いた。

「あっしでよろしけりゃ、いつでも」

「うん、助かるよ。済まないねぇ、こんなことを茂市っつあんに頼んで」

清右衛門に詫びられた時、茂市はふと思った。

息子の晴太郎、幸次郎を連れてこなかったのは、子を持てないまま女房を亡くした茂市の胸の裡《うち》を、想いやってくれてのことかもしれない。もう大丈夫、という意味を込めて、茂市は清右衛門に告げた。

「そのうち、お二人もお連れになってくだせぇやし」

清右衛門は、嬉しそうに笑った。

「そうだね。二人も喜ぶと思うよ。子供の頃は茂市っつぁんに懐《なつ》いていたから」

ああ、無くしたと思った幸せが、戻って来るかもしれない。とどのつまり、自分は「身内」といることが、一番の幸せだったのだ。

茂市が、自らの胸の裡にしみじみと気づいた矢先のことだった。

茂市は、三度、いきなり、その幸せを失った。

師匠であり、かつての主であり、兄弟とも思っていた清右衛門が、死んだ。大八車の前に飛び出した通りすがりの子供を庇ったのだ。

おしのも、清右衛門の後を追うように、逝ってしまった。

心に大きな穴が空いたようだった。

もう、二度と、清右衛門の朗らかな笑い声を聞けない。

もう、二度と、おしのの温かい微笑を見ることができない。

それを思い知るのが恐ろしくて、茂市は『百瀬屋』へ、足を向けられなかった。

弔いを手伝わない不義理、二人の位牌に手を合わせない不義理は分かっていたが、どうにもならなかった。

やがて、二代目清右衛門となった賢吉と晴太郎の折り合いが悪いという噂が、菓子屋仲間や小豆の仕入れ先から聞こえてきた。

そうして、『百瀬屋』は、その味の一番の拠りどころだった砂糖を変え、『伊勢屋』と仲違《なかたが》いをし、晴太郎と幸次郎を追い出した。

「どうか、顔を上げてくだせぇ。晴坊ちゃま、幸坊ちゃま」

茂市は、自分の前で、額を床にこすりつけるようにして頭を下げる若い二人に、声を掛けた。

外は雨だ。晴太郎の肩も、幸次郎の袖口も、濡れている。

手を突いたまま、兄の晴太郎が言った。

「坊ちゃまなんて、呼ばないでください。茂市っつあん。いえ、親方」

晴太郎の静かな声、他人行儀な物言いが、茂市は哀しかった。

弟の幸次郎は、ただ黙って兄に倣《なら》い、頭を下げている。

二人に会うのは、茂市が『百瀬屋』を去った時以来だ。

あの時、晴太郎は目を真っ赤にして、涙をこらえていた。

幸次郎は、しゃくりあげながら、俯いていた。

茂市は、涙を堪え、笑って挨拶をし、別れた。

あの時のことが、昨日のようでもあり、遥か昔のような気もする。

それでも、茂市は二人と自分の間に、隔たりは、感じなかった。

『百瀬屋』で、出来の悪い柏餅をこっそり食べさせてやった、可愛くて眩しい「坊ちゃま方」だ。

晴太郎が、床に視線を落としたまま、告げる。

「手前を、職人としてこの店で使ってはいただけませんでしょうか。茂市親方のおっしゃる通りの菓子をつくります。いえ、下拵《したごしら》えでも荷運びでも、何でも、お言いつけ下さい。弟の幸次郎は、下働きとしてお使いくださいい。兄弟二人、雨風がしのげれば、それより他は何も望みません」

淡々とした言葉、顔を上げない姿が、痛々しかった。

茂市は、声を落ち着けて兄弟を促した。

「まずは、顔をお上げくだせぇ。これじゃあ話も出来ねぇ」

茂市は、二人が身体を起こすまで待った。

長い間《ま》の後、のろのろと晴太郎が、次いで幸次郎が身体を起こした。

晴太郎も幸次郎も、まっすぐ茂市を見てくれた。

安堵と嬉しさを抑え、訊ねる。

「何が、あったんでごぜぇやすか」

幸次郎が答えた。

「兄が、清右衛門に追い出されました。私は兄を追って来ました。二人とも身ひとつで、出てまいりました」

茂市は、込み上げてきた涙を、苦労して堪えた。

幸次郎は、『百瀬屋』と頑《かたく》なに口にしない。

先代清右衛門の忘れ形見が、位牌も持たず、菓子道具も算盤もなく、身ひとつで、こうして自分に頭を下げている。

『百瀬屋』の後継ぎだったはずの晴太郎が、茂市を「親方」と呼び、算術と商いに稀有な才を持っている幸次郎は「下働きをする」と言う。

目の前のこと、何もかもが、茂市は哀しかった。

先代清右衛門もおしのも、さぞかし草葉の陰で案じているだろう。

どうして追い出されたのか。

それを今訊くのは、兄弟には酷だろう。

いずれ、話してくれる。

話してくれなければ、それでもいい。

茂市の腹は、二人が訪ねてきた時から、決まっていた。

——その時は、茂市っつあんがあの子たちの助けになってやって、くれないだろうか。

先代の清右衛門の言葉が、鮮やかに蘇る。

親方。いえ、京太郎さん。

茂市は、兄弟のように慕っていた、今は亡き「親方」、先代の清右衛門に向かって、心の中で語り掛けた。

京太郎さんが案じていたこととは違う、もっと大事が、起きちまったみてぇでござぇやす。けど、あの時の約束、あっしは覚えておりやすよ。

茂市は小さく笑って、口を開いた。

「あっしは、一本立ちしてからずっと、親方、お二人の父御《ててご》をお恨み申し上げていたんで、ごぜぇやすよ」

晴太郎の顔色が、変わった。

幸次郎は落ち着いていたが、それでも頬が強張ったのが分かった。

茂市は続けた。

「あっしは、親方や坊ちゃま方の下で、ずっと職人のままでいたかった。嫁も貰って、一本立ちさせてもらって、こんな不義理なことを言っちゃあいけねぇのは、わかってやす。それでも、手前《てめ》ぇの店を持つより、皆さんと、わいわい賑やかに暮らして、親方の菓子づくりの手伝いをさせていただきたかった。あっしは、お二人の父御が新しい菓子を作り出すたび、わくわくしていたんでごぜぇやすよ」

「茂市っつあん」

思わず、と言った風で晴太郎が呟いた。

茂市は、にかっと笑った。

「そうそう、それ。それでごぜぇやす。懐かしいなあ。御先代の呼び方にそっくりだ。どうか、これからもそう呼んでくだせぇ。ねぇ、幸坊ちゃまも」

幸次郎は、困ったように「茂市っつあん」と呼んでくれた。

茂市は、懐かしさに涙を堪えながら、幾度も頷いた。

「幸坊ちゃまの呼び様は、母御、おしのさんによく似ておいでだ。嬉しいねぇ、お二人が戻ってきてくれたみてぇだ」

しみじみと独りごちてから、茂市は面《おもて》を改め、二人に向かった。

「この店、お二人にお任せいたしやす。あっしを、職人としてお使いくだせぇ」

晴太郎も幸次郎も、顔色を変えた。

「茂市っつあん、それはいけない。いけないよ」

と晴太郎が狼狽《うろた》えれば、幸次郎は必死で、

「それでは、父母に申し訳が立ちません。茂市っつあんの店を、私達が奪い取るなぞ」

茂市は、しんみりと笑って首を振った。

「あっしの、夢だったんでごぜぇやすよ。御先代の許でずっと職人でいる。ゆくゆくは、坊ちゃまお二人を盛り立て、そうして菓子が作れなくなるほど耄碌《もうろく》したら、縁側で、坊ちゃま方のお子と遊んで暮らす。どうか、茂市めの願いを、叶えてやってくだせぇ」

それでも、二人は辛そうな顔で、戸惑うばかりだった。

茂市は、笑みを収め、言葉を重ねた。

「つい先だって、『百瀬屋』の菓子を頂きやした。あっしのお得意さん、医者の久利庵先生が持ってきて下すったもんで。先生はお訊ねになった。こいつを、どう思う。あっしは、感じたままを答えやした。こいつは、『百瀬屋』の菓子じゃあごぜぇやせん。砂糖を変えたとは伺ってやしたが、砂糖だけの話じゃねぇ。あそこまで味が変わっちまうとは。もう、この世のどこからも、御先代の菓子は、失《う》せっちまった。ええ、あっしは御先代に菓子作りのいろはから、教わりやした。けど、御先代の菓子には遠く及ばねぇ。赤の他人のあっしにゃあ、荷が重すぎやす。勿論、お二人から店を奪い、味を変えちまった今の『百瀬屋』にゃあ、任せられねぇ。失せっちまった御先代の菓子を託せるのは、晴坊ちゃま、幸坊ちゃましか、おいでになりやせん。ここを使って、新しい店で、御先代の菓子を生き返らせてくだせぇ。何、『百瀬屋』の看板なんざ、どうってこたあねぇ。御先代が遺されたのは、あの味と、菓子作りの心意気でござぇやす」

長い間、二人とも押し黙っていた。

茂市は、二人が口を開くのを待った。

やがて、晴太郎が茂市をひたと見つめて、言った。

「分かった、茂市っつあん。ここで、父の遺志を私に継がせて下さい」

幸次郎は、驚いたように兄を見たが、すぐにひとつ頷き、茂市に向き合った。

「商いは、私に任せてください。茂市っつあんの大切な店をお預かりして、きっと、『百瀬屋』よりも大きな店にしてみせます。御殿のような家の広縁で、茂市っつあんに兄さんの子を、思う存分、あやして貰います。茂市っつあんから店を奪うのなら、それくらいはさせてもらわなければ」

茂市は、笑った。

「嬉しいねぇ。このまんま、ひとりで細々と菓子を作りながら歳くってくもんだと諦めてやしたが、お二人のお蔭で、でっかい夢ができやした」

それから、しんみりと言った。

「お辛かったでしょう。よく、あっしを訪ねて下せぇやした」

晴太郎が、泣いた。

幸次郎が、唇を嚙み締めた。

茂市は、笑った。

「立派におなりになった、と思いやしたが、樽に乗って作業場を覗いてた、ちっちぇえ頃のお二人とおんなじだ」

*

目を覚ましてすぐ、茂市はぼんやりとしていた。

夢を見ていた。

昔の、幸せな夢を。

それから、我に返ってどきりとした。

今の、これこそが、夢なのではないだろうか。

晴太郎と幸次郎が、自分を訪ねてくれたのも夢で、『藍千堂』も晴太郎の嫁取りも、孫のような可愛いさちも幻で、自分はひとりきりなのでは、ないだろうか。

慌てて身を起こそうとした時、遠くで笑い声が聞こえてきた。

茂市は、再び身体を床へ横たえた。

ああ、よかった。

安堵のあまり、じんわりと涙が目に滲んだ。

夢では、なかった。

外は、そろそろ薄闇が降りてきているようだ。

障子越しの光が、酷く心許なく、見回す部屋の中も闇に沈みかけている。雨の音は、もうしていない。通り雨だったのだろう。

とても長い夢を見ていた気がするが、ほんの少しの間、眠っていただけのようだ。

お糸と幸次郎が、何やら言い合いをしている。

さちのはしゃいだ声。

佐菜の柔らかな声。

茂市は、ぐし、と鼻を啜《すす》った。

早く、風邪を治さなけりゃ、おさち嬢ちゃまと遊べないな。

辛い時には、いつも雨が降っていたような気がする。

茂市は、先刻までの夢を思い出して、考えた。

すぐ止む雨もあった。なかなか止んでくれない雨もあった。

けれどやがて、その雨は上がった。

茂市にとっては、すべて通り雨だったのだ。

そして、今の幸せがある。

階段のすぐ下だろうか、近くで晴太郎と幸次郎が、言い合いを始めた。

大福を茂市の許へ持っていくと言う晴太郎が、幸次郎に叱られているようだ。

寝込んでいる茂市が食べられるわけがない、佐菜が作った粥《かゆ》だけにしておけ、と。

ああ、先だって晴坊ちゃまがおっしゃっていた、「胡麻大福」を作られたんだな。

大福の餅に、炒った白胡麻を荒く擂《す》り潰したものを混ぜてみたら、香ばしくて旨いのではないか。餡は漉《こ》し餡で。

あれから忙しくて、作ってみる暇がなかったのだ。

階段を、そっと上がって来る足音がした。

この音は、晴太郎の足取りだ。

盆に載っているのは、粥だけだろうか、大福も持ってきてくれたのだろうか。

茂市は、くすりと笑った。

笑った拍子に、咳が出た。

襖《ふすま》の向こうから、晴太郎の声がする。

「茂市っつあん、起きてるかい——」

逆さ虹

茂市《もいち》の風邪は思ったよりも長引き、すっかり元の通りに仕事を始める頃には、季節が冬になっていた。

今年は秋が短かった分、冬は厳しく長そうだ。

朝からとりわけ冷え込んだ、霙混《みぞれ》じりの八つ刻《どき》、『藍千堂《あいせんどう》』に定廻《じょうまわり》同心の岡《おか》がやってきた。

岡は手を袖に仕舞い、背中を丸めて店先に飛び込むや、

「うう、さぶいっ」

と叫んだ。

「こういう時は、『藍千堂』の金鍔《きんつば》に限るぜ」

幸次郎《こうじろう》がにっこりと笑って、惚《とぼ》ける。

「おや、お買い上げですか。ありがとう存じます。お幾つお包みしましょう」

途端に、岡が眉尻を情けない形に下げ、ぼやいた。

「相変わらず、手厳しいな、幸次郎は」

晴太郎《はるたろう》は、笑った。つい今しがた、店先で得意客から冬の誂《あつら》え菓子の注文を受けていたところなのだ。

「先に茶をお持ちします。そろそろ、茂市《もい》っつぁんが八つの金鍔を焼きますので、少しお待ちください」

おう、と応じた岡が、ついでのように訊ねた。

「おさち坊は、どうしてる」

「ついさっき、西の家へ佐菜《さな》と一緒に戻りました」

「そうかい」

そいつはよかった、と続きそうな言い振りだ。

「旦那」

幸次郎が、岡を呼んだ。

岡が面《おもて》を改め、訊いた。

「奥で、話せるかい」


板敷の勝手で、男四人、火鉢を囲んで茶を啜《すす》った。

焼きたての金鍔を二つ、あっという間に平らげてから、岡は無造作に切り出した。

「彦三郎《ひこさぶろう》の一味の頭《かしら》、お縄になったぜ」

はっとした。晴太郎、幸次郎と茂市とで、互いに顔を見交わす。

少し迷って、晴太郎が口を開いた。

「『百瀬屋《ももせや》』さん、お糸《いと》には、そのことは」

「まだ、知らせてねぇ」

「なぜ、あちらより先に知らせて下すったんです」

岡が、顔を顰《しか》めた。

「ちっと、拙《まず》い流れになりそうでな」

「拙い流れ、ですか」

小さな間を空けて、岡は答えた。

「白椿《しろつばき》の佐十《さじゅう》。一味の頭の呼び名だ。そいつが、お糸も仲間だって、言ってやがる」

「何ですって」

声を荒げたのは、幸次郎だ。

晴太郎は、弟をちらりと見遣った。

岡が、幸次郎を宥《なだ》める。

「まあ、落ち着けって。あの騒動より前、俺は嬢ちゃんに『彦三郎を探ってくれ』ってえ、頼まれてたんだ。そのことがあるから、嬢ちゃんが仲間だってぇ話は、与太だってことになってる。大体盗人の言い分を鵜呑《うの》みにして大店《おおだな》の一人娘をお縄にするほど、奉行所もぼんくらじゃねぇしな」

「そう、ですか」

幸次郎は頷いたが、安心した様子はない。

「幸次郎」

晴太郎に呼ばれ、幸次郎が口を開く。

「お糸の敏《さと》さ、たくましさは、このところ、可愛げがない程なので心配していましたが、今度のことでは役に立ったようだ。岡の旦那に彦三郎さんを調べてくれと頼んでいたのは、お手柄です」

そんなことを頼むのは、辛かったろうにね。

晴太郎は、出かかった言葉を呑み込んだ。

それは、幸次郎も岡も、分かっている。

「相変わらず、お糸にゃあそっけねぇなあ、幸次郎はよ」

岡が呆れ口調で言った。

晴太郎は、笑って幸次郎を庇《かば》う。

「案外、そうでもないんですよ。今だって、心配したり、お手柄だと褒めたりしていますから」

「余計なことは言わないでください、兄さん」

照れ隠しの顰め面で晴太郎を窘《たしな》めてから、幸次郎は難しい顔に戻った。

「ですが盗賊は、お糸も仲間だと言い続けているのでしょう。万が一、その証《あかし》が出てきてしまったら、奉行所も『盗人の与太話』では済まさないのではありませんか」

「幸次郎、お前ね。証なんか出る訳ないだろう。お糸はそんな娘じゃ――」

晴太郎の言葉を、幸次郎は静かに遮った。

「兄さん。私は真実がどうだったか、という話をしているんじゃありません。そこまで堂々と『仲間だ』と言うからには、何か別の企みがあるのではないか、と言ってるんです」

「なるほどな」

岡が、腕を組んで唸《うな》った。

「お糸を陥れる罠《わな》を、どっかに仕組んでいるってことか」

「ええ」

幸次郎が頷く。

「そうでなければ、理屈に合わない。お糸が仲間だろうが、仲間ではなかろうが、佐十と言う盗賊の罪の重さは変わらないのに、なぜわざわざ、お糸を巻き込もうとするのか」

晴太郎は、そっと生唾を呑み込んだ。

「お糸を恨んでいるってことかい。例えば、仲間――彦三郎さんを死なせた、恨みとか」

「分かりません」

幸次郎は、すぐに答えた。

「ただ、何かお糸に思うところがあるのでしょうね」

ぽつりと、岡が口を挟んだ。

「あるいは、『百瀬屋』」

晴太郎と幸次郎は、はっとして顔を見合わせた。

岡が続ける。

「そっちの方が、ありじゃねぇのか。清右衛門《せいえもん》はあちこちで恨みを買ってる。お糸は一人娘だ」

晴太郎も幸次郎も、とっさに言葉が出なかった。

彦三郎の一件も、一味の頭が捕えられたと聞き、ようやくかたが付いたと思った。ところが、かたが付くどころか、更に大事に膨らんでしまったのだ。

岡が、まあ、な、と少し口調を和らげて言った。

「そっちは、俺の役目だ。調べてみるから待っててくれや」

「お願いします」

頭を下げた幸次郎は、厳しい顔、声のままだ。

「まだ、何か気になることがあるのかい」

幸次郎が、ちらりと岡を見遣った。岡が、からりと笑う。

「遠慮はいらねぇよ。何でもいいな」

弟は、迷った素振りを見せてから、ふ、と溜息を吐《つ》き、口を開いた。

「失礼ながら、岡様の御言葉が、どこまで奉行所の中で通るか、案じられます」

「おい、幸次郎」

慌てて窘めた晴太郎を、岡が笑顔で遮った。

「構わねぇったら。俺が『百瀬屋』とつるんでるのは、確かだからな。袖の下を貰って、お糸に都合のいい話をでっち上げてると疑われる恐れは、あらあよ」

「そんな、旦那」

狼狽《うろた》えるだけの晴太郎を、幸次郎が叱った。

「兄さん、ちょっとは落ち着いてください。まったく、義姉《ねえ》さんを嫁に貰う辺りから腹が据わるようになっただけ、幾分かはましですが、据えるまでに時が掛かり過ぎです。いいですか。私は、本当に旦那が『百瀬屋』とつるんでいるなんて、思っていません。ただ、周りから眺めるだけの連中には、そう見える、と言ってるんです」

晴太郎は、もそもそと言い返した。

「前は、お前だってそう思ってたくせに」

幸次郎が、微かに狼狽えた。ばつが悪そうな顔で言い返す。

「前とは、どれだけ昔の話ですか。もうとっくに忘れましたが」

こほん、と軽い咳払いをし、弟は話を戻した。

「それに、お糸と彦三郎さんは、大層睦まじかった。これは、本当のことです。疑う連中も出て来るでしょう」

岡が、残っていた金鍔を、丸ごと口に放り込んで立ち上がった。

三度、四度、嚙んだだけで吞み込み、告げる。

「つまり、善は急げってぇこった。じゃあな。何か分かったら、知らせに来る」

言い置いて、岡は『藍千堂』を後にした。

晴太郎は、幸次郎に声を掛けた。

「俺たちに、できることはないだろうか」

「そうですね」

晴太郎は、驚いた。

そういうことは、岡の旦那に任せておけばいいんです。邪魔になっては元も子もないでしょう。

正直、そんな風に叱られ、止められると思っていたのだ。

まじまじと、晴太郎が顔を見つめていると、幸次郎が口をへの字に曲げた。

「何です」

「何でもないよ」

茂市が、作業場で肩を震わせ、笑いを堪《こら》えているのがちらりと見えた。

こんな時でも、『藍千堂』と西の家は、温かい。

幸次郎が、しんみりと言った。

「彦三郎さんのことでは、私も兄さんも、お糸の助けにはなってやれなかった。一応、従妹《いとこ》ですから、今度は助けてやりたい。また、彦三郎さんのことで、あの娘《こ》がこれ以上悲しまないように、してやりたい。そう思ったんです」

「うん、うん。そうだね」

晴太郎は嬉しくなって、弟に応じた。

幸次郎が、きっと眦《まなじり》を吊り上げ、晴太郎を見据えた。

「勿論、くれぐれも、岡様の邪魔はしないように、ですからね。勝手な真似もいけません。それから、店は普段通りきちんとやりますよ。茂市っつあんに任せっきりなぞ、もってのほか。茂市っつあんが病み上がりなことはお忘れなく」

そら、やっぱりだ。

晴太郎は、首を竦《すく》めた。

幸次郎と話して、盗人の頭は岡に任せ、晴太郎と幸次郎は、彦三郎の線から当たることにした。

彦三郎の盗人になる前の素性、どんな人物だったのか、なぜ盗人一味になったのか。そんなことが分かれば、あるいは頭に繋がるかもしれない。お糸に聞かせてやれる話でも出てくれば、もっといい。

例えば、盗人になったのにはやむにやまれぬ経緯《いきさつ》があったとか。義賊であったとか。義賊とはいえ、盗人には変わりがないのだけれど。

晴太郎は、昼飯時を使って久利庵《くりあん》を訪ねて、彦三郎が運び込まれた時の様子や、彦三郎が、盗人仲間に何か言い残さなかったかを確かめる。お糸とも久利庵とも身内のような晴太郎にならば、役人には話さなかったことも、久利庵は聞かせてくれるかもしれない。

一方、幸次郎は得意先回りのついでに『伊勢屋《いせや》』へ行って、顔の広い総左衛門《そうざえもん》に、彦三郎の出自や、お糸との縁談の経緯を知らないか訊く。

そういう手はずになった。

茂市が持たせてくれた、口当たりがさっぱりした「茂市の羊羹《ようかん》」を二棹《さお》提げて、神田川岸、横大工町《よこだいくちょう》の診療所へ向かう。

診療所は立て込んでいて、久利庵は忙しそうに患者を診ていた。隣の部屋で待つ間、久利庵と患者のやり取りに、晴太郎は耳を傾けた。

久利庵は、口が悪い。今日は、おせんという手伝いの娘が留守をしているから、久利庵を窘める者がいない。口の悪さには拍車がかかるばかり、けが人や顔色の悪い患者も、平気で怒鳴りつけていた。

そんな弱気でどうする。病は気からというのは本当だぞ。

だの。

ばかもん。薬は朝夕、しっかり飲めと言っただろう。

だの。

　挙句の果てに、
　儂《わし》の言うことを聞かずに湯屋なぞ行くから、傷が膿《う》んだんだ。言う通りにできないのなら、ここへは二度と来るな、阿呆。

　と罵《ののし》るのを聞いて、晴太郎は堪らず久利庵に声を掛けた。

「あの、先生」

　おせんのように、はきはきと久利庵を叱ることは、晴太郎にはできない。

「すみません、店がありますので、そろそろ戻ります」

　恐る恐る、声を掛けた。だから、ちょっと話を聞かせて欲しい、と。

「おう、すまん、すまん。残りはちゃっちゃと済ませるから、もうちょっと待っとれ」

　景気のいい声が返ってくる。

　まったく、憎まれ口ばかりなんだから。

　晴太郎は、こっそり笑った。

　ちゃっちゃと済ませる、なんて、どんな患者も丁寧に診てやる癖に。

　分かりましたと返事をし、しばらく待つと、久利庵がやってきた。忙しく患者を診、怒鳴りつけていたのに、疲れなぞ微塵《みじん》も感じていないらしい。

「待たせたな、晴太郎」

「いえ」

応じた晴太郎に頷き掛け、向かいに、どかりと胡坐《あぐら》を搔いて座る。それから思い出したように、大声で下働きの留次《とめじ》に向かって、「おおい、留、茶をくれ。茂市の羊羹もな」と叫んだ。

すぐに留次が、羊羹と茶を、晴太郎と久利庵、二人分持ってきた。

厚めに切られた羊羹と久利庵の顔を、晴太郎は見比べた。

「なんだ」

「いえ。先生はひと棹召し上がるのかと」

久利庵は、しれっと答える。

「ひと棹はな。もうひと棹は、留次やおせんにも分けてやらにゃあ、ならんだろ」

なるほど、それで茂市っつあんは二棹持たせてくれたのか。

妙に得心してしまった。

「で、儂に訊きたいこととは、なんだ」

せかせかと、久利庵は訊いた。

晴太郎は、岡から聞かされた経緯と、お糸をなんとか助けてやりたいことを、かいつまんで話した。

久利庵が腕を組んで唸る。

「そうか。盗人一味の頭がお縄になったと聞いて、かたが付いたと思ったが、そんなことになっとったか」

一度言葉を切ると、少し哀しそうな眼をして、続けた。

「あの彦三郎という男、大した奴だったぞ。傷は深かったし、病も進んでいた。それでも、お糸の前では、最期まで辛そうな顔ひとつ、見せなんだ。楽しそうに語りあっとったぞ」

「あの、先生やおせんさんに、例えば盗人一味か、身内への言伝《ことづて》なぞは、ありませんでしたか」

久利庵が、首を横へ振る。

「お糸と少しでも長く、沢山、話したいと頼まれただけだ」

「そう、ですか」

晴太郎は、項垂《うなだ》れた。

そう、容易《たやす》くことが運ぶわけはない、か。

「あの、な。晴太郎」

久利庵が、珍しく言いにくそうに、晴太郎を呼んだ。

「はい」

「こんなことを言ったら、お前は腹を立てるかもしれんが」

「何です」

「お糸が彦三郎の仲間だと疑われとる。晴太郎の話を聞いて、儂は、それもあるかもしれん、と思ったよ」

「どういうことですか。先生」

うん、と、また言いよどむように口ごもってから、久利庵は告げた。

「お糸と彦三郎は、本当に睦まじく見えた。なんとかして彦三郎を助けてやれぬものかと、改めて儂が考えたくらいだ。それは到底叶わなんだが。だからな、晴太郎。因業で、娘の幸せなぞまるで考えとらん親よりも、惚れた男を取ろうとしたのかも、しれん。盗人だと承知で、お糸は彦三郎の肩を持ったのかもしれん。そう、思ったんだよ」

久利庵の言葉に、腹は立たなかった。

ただ、哀しかった。悔しかった。

お糸はそんな娘ではない。

晴太郎は、努めて穏やかに言い返した。

「『百瀬屋』の叔父は、確かにかつて、お糸の婿にとんでもない男ばかり選んでいました。けれど、彦三郎さんは今までの男とは違った。少しずつ、叔父は変わってきているのだと、思います。それに、お糸にとっても『百瀬屋』は大切な店で、叔父はたったひとりの父なんです。裏切ることは、しない。お糸は、男に目が眩《くら》んで愚かな真似をする娘じゃ、ないんです」

ふう、と久利庵が溜息を吐いた。

「だがな、晴太郎。二十歳の女子《おなご》が、惚れた男をあれほど気丈に看取ることなぞ、なかなかできるものではないぞ。武士の息女でなければ、余程情が強《こわ》いか、心底惚れておるか、どちらかだ」

それも、違う。

晴太郎は、言いたかった。

お糸の彦三郎に対する思いは、通り一遍で表せるものでは、きっとない。

まったく、男として見ていなかった。そうは晴太郎も思っていない。けれど、色々な想いが混じって、彦三郎はお糸の「大切な人」になった。

心底惚れているから、彦三郎を見送ることができた。

そんな、折り合いの悪い生家を裏切った。

一本道のように分かりやすい「色恋の道筋」を、お糸は辿らない。

生来、そういう性分でもない。

けれど、それを久利庵に訴えても詮無いことだ。お糸も分かってもらおうとは思っていないだろう。

久利庵は、お糸と親しい付き合いをしている訳ではない。むしろ、伊勢屋総左衛門程ではないにしろ、『百瀬屋』を良くは思っていないだろう。晴太郎の亡き母を娘のように思ってくれていた人だ。

その久利庵が、総領娘のお糸を気遣ってくれるだけ、ありがたいと考えなければ。

久利庵からはめぼしいことを聞き出せないまま、晴太郎は『藍千堂』へ戻った。

佐菜がこしらえてくれていた握り飯を二つ、大急ぎで腹の中に収め、菓子作りに戻る。

しばらくして戻ってきた幸次郎は、難しい顔をしていた。

「お前も、空振りかい」

菓子作りの手を休めずに晴太郎が訊くと、弟は苦い溜息を吐いた。

「空振りでは、ありません」

「じゃあ、伊勢屋の小父《おじ》さんは何か知っていたのかい。でなければ、伝手《つて》を使ってくれる――」

幸次郎は、そっと手を上げて、晴太郎の言葉を遮った。

「やりあって、しまいました」

苦々しい言葉。晴太郎は恐る恐る確かめた。

「やりあうって、まさか、喧嘩をしたのかい。幸次郎が、小父さんと」

総左衛門は幸次郎に目を掛けている。幸次郎も、父のように慕っている。二人つるんで晴太郎を叱ることはあっても、二人が言い争うなぞ、今まで一度もなかった。

「いけませんか」

幸次郎は、刺々《とげとげ》しい声で言い返してから、「すみません」とすぐに詫びた。

続けて、ぼやく。

「いけないに決まっていますよね。ものを訊ねに行った相手と、言い争いをしていい筈がない」

晴太郎は、軽く笑って弟を慰めた。

「まあ、ね。考えてみれば、小父さんが『百瀬屋』の力になってくれるはずは、なかったんだ。何か頼める筋合いじゃない」

総左衛門は、晴太郎の父とは親しい友だった。母にも想いを寄せていた。父母が互いに想いあっているのを知って身を引いたのだけれど。

父母が所帯を持ってからも、親しく付き合い、気遣ってくれた。

父母が亡くなってからは、晴太郎と幸次郎の後見として、なにくれとなく力を貸してくれている。厳しいが、情の深い人だ。

だからこそ、清右衛門叔父に対して、総左衛門は晴太郎や幸次郎よりも、腹を立てている。

また、清右衛門叔父が『伊勢屋』自慢の三盆白《さんぼんじろ》を袖にして、質の悪い砂糖に乗り換えた時も、二人は派手にぶつかっていた。

清右衛門叔父が「讃岐《さぬき》物も唐《から》物も、大した砂糖ではない」と言い放ったからだ。『伊勢屋』を背負う者として、叔父の暴言を許せなかったのだろう。

江戸一と言われる砂糖を扱うために、総左衛門や番頭が一方《ひとかた》ならぬ苦労をしたことを、晴太郎は知っている。

『百瀬屋』の総領娘の為に力を貸せという方が、無理な話なのだ。

幸次郎が、苦々しい声で言った。

「『伊勢屋』さんと『百瀬屋』の仲がどうこう、という前に、私達の考えが甘かったんですよ、兄さん。久利庵先生も同じことです。兄さんと佐菜《ねえ》さんのことで、皆さんが力を貸してくれた。『百瀬屋』の叔父さんでさえ、ね。そのことで知らない間に、甘える気持ちが私の中に生じていたんです。何か困ったことがあったら、力を貸してもらえる、と。そういう甘え、ものぐさは、『伊勢屋』さんが一番嫌うところだ」

そうだった。

このところ、佐菜を気遣ってくれたり、父や母との昔話を聞かせてくれたり、さちを溺愛してくれたりと、柔らかな総左衛門を目の当たりにしていたから、うっかりしていた。

――まず、自分達で苦労する。その上で、どうしても力が及ばない時だけ、助力を頼みに来なさい。それが筋というものだ。

総左衛門は、常々兄弟をそう諭《さと》していた。

そして言葉の通り、総左衛門は、晴太郎と幸次郎を突き放すことがたびたびあった。

「俺もだよ。俺も考えが甘かった」

ため息交じりに晴太郎が告げると、幸次郎は更に苦い顔になって言った。

「兄さんが甘いのは、いつものことです。それを私が窘めなければならなかった。すみません、私の気のゆるみです」

晴太郎は、口をへの字に歪《ゆが》めた。

「それは、詫びているのかい。それともいつもの小言かい」

「おや、気づきましたか。両方です」

「お前ね」

笑いごとではないのは分かっている。

それでも晴太郎は、幸次郎と笑いあった。

餡《あん》を煮ている鍋の前では、茂市がくすくすと、笑っている。

「どうしました、兄さん」

笑みを消した晴太郎に目敏く気づき、幸次郎が顔を覗き込んできた。

「いや、今度は俺達二人でどうにかしなきゃならないんだな、と思ったら、なんだか心細くなってしまってね」

「そうですね」

幸次郎が、笑いを消してそう応じた。

「こう感じるのも、甘えなんだろうな」

「ええ」

「ところで、伊勢屋の小父さんに何を言ったんだい」

晴太郎は、顰め面の弟に訊ねた。

「事と次第によっては、お糸の弁明をしてやった方がいいかもしれないからね」

「お糸の弁明、ですか」

を打ち明けた。

「う、ん」

晴太郎は、余計幸次郎が怒るのではないかと、内心気を揉みながら、診療所でのこと
幸次郎は、腹を立てた様子はなかった。ただ、冷ややかに呟いた。

「久利庵先生も、ですか」

ははぁん。

晴太郎は合点がいった。

「ひょっとして、小父さんもお糸を疑ってるのかい。色恋に目が眩んで盗人に手を貸そうとしたって」

ふん、と幸次郎が鼻から息を吐き出した。

「疑う、なんてもんじゃありませんよ。久利庵先生の話が、可愛く聞こえるくらいです」

晴太郎は、小さく溜息を吐いた。

総左衛門のことだ、かなり辛辣なことを言ったのだろう。

「小父さんは、何て」

幸次郎は、なかなか口を開いてくれなかった。晴太郎は辛抱強く待った。幸次郎が怒りを抑えようとしているのが、見えたから。

やがて、むっつりと、幸次郎は言った。

「お糸も、父親と同じ穴の貉《むじな》だ、と」

「何だって」

言葉のきつさにも驚いたが、その意図自体が掴めず、晴太郎は訊き返した。

幸次郎は、堰を切ったように語った。伊勢屋総左衛門は、冷ややかにこう言ったそうだ。

――それまで嫌がっていた、父の決めた縁談を受け入れたということは、お糸も父親の考えに染まったに違いない。その男に夢中になって、生家の店を売り渡そうとしたのなら、もっと性質《たち》が悪い。性根だけではなく、頭の出来も良くないということだ。親と違い、少しは敏い娘だと思っていたが。そうだ、幸次郎。お前、『百瀬屋』の婿になったらどうだ。彦三郎という男のように、『百瀬屋』父娘《おやこ》に取り入って、店を乗っ取ってしまえ。元々、あの娘はお前に惚れていたのだろう。

胸やけがしているような顔で、幸次郎は口を噤《つぐ》んだ。

晴太郎は、ほろりと笑った。

「仕方のないお人だなあ、小父さんも」

「よく、笑っていられますね」

「笑うしかないだろう。むしろ清々しい悪口雑言《あっこうぞうごん》だと思うけど」

「兄さんは、直に聞かされていないから、呑気に構えていられるんです」

「幸次郎。小父さんは怒っているんだよ。俺が『百瀬屋』を追い出された時と同じ強さで、今でも」

その怒りは、むしろ晴太郎と幸次郎のそれよりも、強く哀しいものだ。

晴太郎と幸次郎にとっては、自分達に向けられた敵意、悪意だったけれど、総左衛門にとっては、今は亡き大切な友とその女房への悪意、大切な思い出を壊されたも同然の仕打ちなのだ。

自分に対するものであれば、耐えることもできる。笑って往《い》なすこともできる。幸次郎のように、少しずつ歩み寄ることもできる。

けれど、大切な人に対する悪意は、違う。耐えること、歩み寄ることは、むしろ大切な人に対する裏切りに感じるだろう。

だから、総左衛門は『百瀬屋』を許さない。

「分かってます」

幸次郎が、晴太郎へ静かに応じた。

「分かっているけれど、それとお糸のことは、話が別です。傷ついているお糸に取り入れなぞと、いくら小父さんでも言っていいことじゃありません」

なんだ、やっぱり幸次郎も、お糸を好いてるんじゃないか。

晴太郎は、そんな言葉をそっと呑み込んだ。

惚れた男――お糸は違うと言っているが――と死に別れたばかりの娘の、心の隙に入り込むことはしたくない。それは、娘に想いを寄せている男の考えることだ。

晴太郎の胸の裡に珍しく気づかない様子で、幸次郎は、それに、と続けた。

「私に、彦三郎さんのような真似ができるかどうか。そう考えると、あの二人の想いを、芝居の心中物を貶《けな》すような言葉で評して欲しくなかった」

晴太郎は、そうだね、と答えた。

幸次郎の言葉の中に、彦三郎に対する微かな悋気を見たような気がしたが、腹の裡でも茶化す気にはなれなかった。

晴太郎も、彦三郎はすごい男だと思っている。

ちらりと笑って、晴太郎は告げた。

「小父さんの話、佐菜には内緒だよ」

佐菜は、彦三郎の最期、お糸と過ごした時を見守った。総左衛門の言葉を知ったら、きっと哀しむだろうから。

幸次郎は、すべて察したように、「勿論です」と応じてくれた。

うん、と頷き、晴太郎は話を変えた。

「さて。どうしようか。俺と幸次郎二人で、お糸の為に何ができるかな」

幸次郎に訊いた、というよりは、晴太郎自身の想いが口に出た、独り言だ。

それでも幸次郎は、律義に考えてくれる。

「盗人の頭のことは、やはり岡様にお任せするしかないでしょうね。彦三郎さんの素性は、私が少し探ってみます」

まるで目明しのような口を利く弟を、晴太郎はそっと見遣った。

晴太郎の視線に気づいた様子もなく、幸次郎は続ける。

「そうは言っても、外回りのついでに、親方だったというお人や、その周りのお人の話を聞いたり、それくらいしかできませんが」

いつになく、幸次郎はやる気にあふれている。

「お糸が、そんなに心配かい」

つい、そんな問いが口をついて出てしまった。晴太郎は内心でしまった、と思ったが、幸次郎は狼狽えるでもなく、怒るでもなく、あっさりと頷いた。

「心配ですよ。今のお糸を心配しない方がおかしいでしょう」

「そう、だね」

「珍しいとお思いですか。私が、商いではないことに、首を突っ込もうとしているのが」

ふいに訊かれ、またもやつい、晴太郎は頷いてしまった。

今度は、幸次郎に微笑まれ、その「にっこり顔」が空恐ろしくて、晴太郎は怯《ひる》んでしまった。

「な、何」

微笑を浮かべたまま、幸次郎は言った。

「お忘れですか。これが初めてではありませんよ。あの時は、伊勢屋さんにご助力は頂きましたが」

　幸次郎の思わせぶりな物言いと、伊勢屋の名が出たことで、晴太郎は思い出した。

　佐菜を恐ろしい前の夫から助けるために、幸次郎と総左衛門は、前の夫の悪事を探ってくれたのだ。あの時は、『百瀬屋』の叔父も手を貸してくれた。

　晴太郎は、神妙に弟に頭を下げる。

「あの時は、お世話になりました」

「いいえ。とんでもない」

　涼しい声で、幸次郎が応じる。

「『百瀬屋』の叔父さんにも力を借りた。なおのこと、俺はお糸を助けてやらなきゃあ」

　うん、と頷いた晴太郎に、幸次郎がすかさず釘を刺した。

「兄さんは、大人しくしていてください」

　口を尖らせた晴太郎に、幸次郎がてきぱきと続ける。

「店はどうするんです。それに、兄さんには不向きですよ。何気ないやり取りや挨拶でさえ、すぐに菓子の話に逸れてしまうんですから」

　言い返してやりたかったが、弟の言う通りなのだ。

　菓子に絡んだことなら、いくらでも話を聞けるし、人の胸の裡を察することができるのだけれど。

　幸次郎は、子を宥める親のような顔をして、言った。

「ともかく、この話は私に任せてください。いずれ、兄さんにお願いできることも出てきますから」

そんな、悠長なことを言っていて大丈夫だろうか。幸次郎が動いてくれている間に、自分にも何かできることはないだろうか。

ふと、晴太郎は思い立った。

「その盗賊の頭って人に、会えないだろうか」

「何を馬鹿なことを言っているんですっ」

いきなり幸次郎に叱られ、晴太郎は首を竦めた。

「でも、どうしてお糸のことを『一味だ』なんて言ってるのかが分かれば、お糸を助けられるかもしれないじゃないか」

「それこそ、岡の旦那も聞き出せないでいることを、兄さんが聞けるわけないでしょう。そもそも、番屋にいる盗人と、どうやって会うつもりなんです。旦那になんか、頼めませんよ。ただでさえ、旦那は『百瀬屋』さんと繋がっていると、思われているんですから。これ以上旦那のお立場を悪くして、旦那の言葉が疑われてしまったら、余計お糸を追い込むことになるんですよ」

とどめに、分かってるんですか、と、人差し指をぐい、と向けられ、晴太郎はしぶしぶ、「分かった」と応じた。

それでも、晴太郎は気になった。

盗賊の頭は、なぜお糸を自分の罪に引き込もうとしているのだろうか。彦三郎の仇《なかま》として憎んでいるのか。盗みの邪魔をしたと恨んでいるのか。

一体、どういう男なのだろう。

「無茶あ、言うなよ。晴太郎」

飛び切り渋い顔、苦い声で、岡はぼやいた。

「だめ、ですか」

じろりと、岡が晴太郎を睨む。

「なんで、だめじゃねぇって思うんだ」

「だめ、ですよねぇ」

晴太郎は、ため息交じりに呟いた。

持ってきた『藍千堂』の金鍔の包みを、岡はちらりと見てから訊いた。

「幸次郎も、このことは承知か」

「弟には言ってません」

岡が、頬から顎を掌でしきりに擦《こす》りながら、「そうだろうな」と言った。

夕刻、店を閉めてから、金鍔を岡の屋敷に届けてくる、と晴太郎が幸次郎に告げた時、弟は眦を吊り上げたものの、黙って送り出してくれた。

きっと、お見通しなんだろうなと思う。

それでも止めなかったのは、晴太郎の考えを後押ししてくれたというよりは、どうせ言っても聞かないだろうと、諦めたのだ。

そもそも、岡にいくら頼んでも叶う訳がない。

すでにお縄になっている盗賊に、ただの菓子屋が会いたい、だなんて。

それでも、晴太郎は岡に食い下がった。

「話が出来なくても、構いません。どんなお人なのかを知るだけでも――」

「どんな奴も何も、盗賊の頭だ。お前の従妹を罪に巻き込もうとしている、ろくでもねえ悪党だよ」

にべもなく言い返され、晴太郎は黙った。

岡が、呆れたように息を吐いた。

「なんで、そんなに『白椿の佐十』に会いてぇんだ」

「どんなお人なんです。佐十さんは」

「ちょっと見は品のいい商人みてぇな、盗人らしくねぇ、いけすかねぇ奴だ」

晴太郎は、考え込んだ。

「おい、どうした晴太郎」

急に、間近に岡の顔が迫り、ぎょっとした。

「わっ」

晴太郎の叫び声に、晴太郎の顔を覗き込んでいた岡も驚いたらしい。

「うわぁっ」

「ああ、吃驚《びっくり》した」

「それは、こっちの台詞だ。急に黙り込んで、どうしたってんだ。晴太郎」

「あ、ああ、すみません」

詫びながら、また考える。

「椿。品のいい商人風。どこかで、聞いたような――」

晴太郎の呟きに、岡が飛びついた。

「何だってっ。おい、晴太郎、いつ、どこで聞いた。まさか『白椿の佐十』を見かけたってんじゃねぇだろうな。佐十の野郎、盗んだ金子《きんす》の隠し場所を白状しねぇんだ。おい、思い出せ、思い出せったら、晴太郎」

襟を摑まれ、締め上げられかけて、晴太郎は仰天した。

「ちょ、ちょっと待ってくださいっ、旦那っ。くるし――っ」

ぱっと、手を離され、晴太郎は息を吐いた。

「どうだ、思い出したか」

岡が、晴太郎に迫る。

また締め上げられては堪らない。襟元を直しながら必死で考えたが、すぐに「いいえ」と、首を横に振った。

今度は岡が、難しい顔をして考え込んだ。

長いこと何も言わない定廻にじれて、晴太郎は「あの、旦那」と声を掛けた。

ふいに、岡が小さく頷いた。

厳しい目で晴太郎を見据え、頷く。

「これから、番屋へ行くぜ」

「へ、あの、旦那」

「ぐずぐずしてると、佐十は大番屋へ移されちまう。その前に、会わせてやる。いや、会うことは出来ねぇが、番屋を、ちょいと覗かせてやる。どこで見かけたのか、その時に思い出せ」

「そんな、旦那。ぼんやりと覚えがあるってだけで、佐十って頭のことかどうかも――」

「四の五の言わずに、来い。佐十に会いたいって言ったのは、お前だぜ」

そう晴太郎を急かして、岡は立ち上がった。

晴太郎は、慌てて岡に続きながら、溜息をかみ殺した。

盗んだ金子のためじゃなくて、お糸のために会ってみたかっただけなのに。

岡が晴太郎を連れて行ったのは、『藍千堂』のある神田相生町《あいおいちょう》からほぼ真北、下谷の番屋だった。

下谷は、徳川宗家の菩提寺である寛永寺が間近にある。

そのせいか、少し離れたところから眺める番屋と、その周辺は、どこかしんとして、重く沈みこんでいるように見えた。

佐十はこのあたりで捕えられたのだろうか。それとも、妙な野次馬を避けてこの静かな番屋へ連れてこられたのだろうか。

晴太郎は、勝手にそんなことを考えた。

「いいか、晴太郎」

岡は声を落として、道々晴太郎に諭してきたことと、同じ話を繰り返した。

「さっきも言ったが、あの番屋は、俺の縄張りじゃあねぇから好き勝手はできねぇ。『百瀬屋』を狙ってたこと、お糸の名を佐十が出してるから、出入りさせて貰ってるがな」

「はい」

「だから、せいぜいが、番屋の親爺と中にいる同心の気を逸らして、その隙にこっそり覗かせてやるくれぇだ」

いいか、と、岡はまた、念を押した。

「その間に、『椿』と『品のいい商人』の話を、どこで聞いたのか、思い出せ」

「は、い。いえ、でも、旦那」

流されそうになった自分を叱りつけ、晴太郎はどうにか言い返した。

「もし、思い出せたとしても、その頭と関わりがあるかどうか――」

「だが、聞いたような気がするって、思ったんだろう」

「そりゃ、まあ」

「人の勘ってのはな、侮《あなど》れねぇんだよ、晴太郎。何気なく思い当たったことってのは、案外的を射てたりするもんだ」

「そんなぁ」

「心配すんな。思い出してみて関わりがなかったからって、晴太郎を責めやしねぇ」

宥めるように言ってから、目元を厳しくして、岡は晴太郎の顔を覗き込んだ。

「だから、必ず思い出せ」

晴太郎は、肩を落とした。

頭が隠してる金子のありかとお糸とは、まったく繋がらないじゃないか。

出かかった不平を、晴太郎は呑み込んだ。代わりに訊ねる。

「そんな大金を、隠してるんですか」

「俺が、気になってるのは、そこなんだ」

「旦那、そこって」

岡は難しい顔で頷いた。懐手をしながら答える。

「両替商、飛脚問屋に米問屋。『白椿の佐十』一味が押し込んだ先は、どこも、蔵に千両箱が唸ってる金持ちばかりだ。盗んだ金子を使ってる様子も、手下に分けてる様子もねぇ。とんでもねぇ金子を隠し持ってると思っていい。そんな一味が、なんで『百瀬屋』なんだ。いや、『百瀬屋』だって十分な大店だし、たんと儲けてるぜ。だが、今まで佐十が狙ってきた店と比べて、小ぶりというか、見劣りする。金子とは別に、『百瀬屋』を狙った訳があるんじゃねぇかって、俺は読んでる」

あ、また、何か思い出しそうな気がした。

ふと、何かが頭の隅を過《よぎ》ったところへ、岡に両肩をがし、と掴まれた。

その拍子に、「何か」が、煙のように消えてゆく。

やっぱり、何を聞いてもお糸を助けるきっかけには、なりそうにないな。

晴太郎は、諦めた。

そもそも、佐十という盗賊に話を聞くことが、すぐにお糸を救う手立てに化ける訳でもない。

ここは、岡の旦那を助けることに気を入れよう。

「私は、どうすればいいんですか」

岡が、目を輝かせた。

「まず、俺が番屋へ入って中の奴らに話しかける。佐十は、お調べが始まってなきゃあ、番屋の左奥隅の柱に、括《くく》りつけられてる。そこにいるようなら、ほんの少しだけ、番屋の戸を開けておく。ぴたりと閉めたら、お調べの最中って合図だ」

「分かりました。あの腰高障子が少し開いていたら、近づいて、隙間から覗けばいいんですね」

「おお、話が早ぇじゃねぇか。俺が役人と親爺の気を引いておくから、上手くやれよ。万一見つかったら、草鞋《わらじ》を買いに来たことにすりゃあいい。ここの番屋番が編む草鞋は、評判がいいんだ」

晴太郎は、軽く唾を飲み込み、頷いた。

よし、と、岡が軽やかに番屋へ向かった。

気軽な調子で声を掛け、岡が腰高障子に手を掛ける。その動きを、晴太郎はじっと見守った。

よし、少し戸が開いている。

晴太郎は、通りかかる振りで番屋へ向かった。

なんだか、後ろ暗いことをしているような気がして、どくどくと、心の臓が忙《せわ》しなく騒いでいる。

辺りに、人はいない。

番屋からは、賑やかなやり取りが聞こえている。途中の茶屋で買い込んだ饅頭《まんじゅう》で、盛り上がっているようだ。

晴太郎は、そっと、開いた腰高障子の隙間から中を覗いた。

岡の旦那、そんなとこにいちゃあ、奥が見えないじゃありませんか。

そう、もうちょっと避《よ》けて。もうちょっと、もう少し右――。

よし、見えた。

晴太郎は、危うく、「あっ」と声を上げるところだった。

岡の言う通り、番屋の奥、左隅の柱に男が括りつけられていた。

捕えられ、縄目を受けているのに、その男はまっすぐ前を向いていた。入り口にへばりついている晴太郎からは、横顔が見える。

着ているものは、藍媚茶《あいこびちゃ》――緑を帯びた暗く渋い茶の、上品な小袖だ。

髷《まげ》は乱れているが、本来は洒落者なのだろう。

何より、似たような色味の小袖も、横顔も、晴太郎には確かに見覚えがあった。

――通りすがりの野次馬の、ほんの余計なお世話にございますよ。

――『百瀬屋』の御主人は、こちらの御兄弟の代わりに暖簾を継いだ割に、大して旨くない、その癖菓子の値は張る、客の選り好みまで大威張りでやらかす。少しは『藍千堂』さんを見習ったがいい。

あの人だ。

晴太郎は、口を両手で押さえて、頷いた。

旗本の跡取り、松沢荘三郎《まつざわそうざぶろう》の奥方、雪《ゆき》が『藍千堂』に来ていた折のことだ。客に妙な言いがかりをつけられた時、通りがかりだと言って、助け舟を出してくれた男。あの時の装いは、利休茶の小袖に共の羽織姿だった。

雪に言い様を窘められた去り際、あの人はこう言った。

――『椿屋《つばきや》』ゆかりの者で、ございます。

椿屋ゆかり、と。

まるで、『椿屋』という店を晴太郎達が知っているかのように。

あれきり会うことはなかったので、すっかり忘れていたけれど、雪と幸次郎は、あの時の男――佐十を怪しんでいた。

その佐十は盗賊の頭で、二つ名に「椿」の字を使っていて、死んだ彦三郎の仲間で、お糸を陥れようとしている。

一方で、何食わぬ顔をして『藍千堂』に顔を出し、『百瀬屋』をこき下ろして行った。

これは、岡の言う通り、ただの「押し込み」じゃない。

ゆっくりと、何気ない仕草で、佐十が首を巡らせた。

切れ長の瞳が、晴太郎を見た。

佐十が微笑んだ。

薄い唇が動いた。

晴太郎は、逃げ出した。

『藍千堂』へ戻ってからも、あの佐十の顔が頭から離れなかった。

あの微笑み、目。

穏やかで、清々しくて、もう何も思い残すことはない、そんな顔をしていた。

そして、唇の動き。

何と伝えたかったのか、はっきりとは分からない。

でも、なんとなくこう言っている気がした。

——望みは、もうすぐ叶います。

望みって、なんだろう。

捕まってしまった今、佐十はもう動けない。何もできないのに。

あんなすっきりした顔をしているのなら、「もう叶った」なのではないか。

ああ、もしかしたら、まだ逃げている仲間がいるのかもしれない。その仲間が、佐十の意志を継いで——。

「晴坊ちゃま」

「わぁっ」

すぐ近くで茂市に呼ばれ、晴太郎は尻餅を突きかけた。

晴太郎の驚きように、茂市も驚いたようだ。

大きくのけ反り、目を丸くして晴太郎を見た。

「ご、ごめん。考え事してて。何」

茂市は、晴太郎の手元をじっと見ている。

その視線を追うように、晴太郎も自分の手元を見て、落ち込んだ。

一足先に、初春の商い向けに、梅の上菓子《じょうがし》を作ってみていたのだ。

そう、梅、だったはずなのだが。

なんだ、こりゃ。

小ぶりの白梅と紅梅を並べてひとつの菓子に仕立てるつもりだった白餡は、赤に染めた餡と白のままの餡が中途半端に混ざり、「赤いまだらの雪だるま」のようになっていた。しかも、随分と不格好な雪だるまだ。

大事な餡を、こんな風にしてしまって。

がっくりとうなだれたところへ、茂市が声を掛けてきた。

「あの、晴坊ちゃま」

情けなさを抑えて茂市へ笑いかける。

「うん」

茂市は、少しの間、問いかけるような目で晴太郎を見たが、すぐに笑んで伝えた。

「お客さんです。岡の旦那が、晴坊ちゃまに御用がおありだそうで」

しまった。

慌てて勝手へ向かうと、顰め面の懐手で、板の間へ腰かけた岡が待っていた。

「旦那」

「おう」

晴太郎に応じた声も、低く渋い。

「す、すみません」

じろりとひと睨みしてから、口許を穏やかに和ませ、岡は訊いた。

「で、何を思い出した。あそこから逃げ出したってことは、やっぱり佐十に見覚えがあったんだろう」

「はい」

気を引き締めて頷き、思い出したことを語った。

岡の顔つきがみるみる厳しくなっていく。

すっかり聞き終わっても、岡は目を伏せ黙って考え込んでいた。

そこへ、幸次郎が戻ってきたので、ここまでの経緯を伝えた。

幸次郎も難しい顔になったが、小声で、

「たまには兄さんの無茶も、役に立つものですね」

などと、ふざけたことを言ってきた。

岡が、伏せていた目を、おもむろに晴太郎と幸次郎へ向けた。

「幸次郎は『椿屋』に心当たりはあるかい」

「いいえ。残念ながら」

「茂市はどうだ」

晴太郎は、勝手から作業場の茂市へ声を掛けた。

「茂市っつあん、今、手が空くかい」

へぇい、只今、と明るい声が返ってきて、すぐに茂市が顔を見せた。

『椿屋』を知っているか、という幸次郎の問いに、茂市も首を傾げた。

「さあ、あっしには聞き覚えがございやせん」

岡が確かめる。

「茂市が『百瀬屋』にいた頃にも、聞いたことはねぇか」

茂市は首を捻《ひね》って考える様子を見せたものの、やがて申し訳なさそうに「やっぱり、覚えはありやせん」と、頭《かぶり》を振った。

ううむ、と岡が唸った。

「狙いが『百瀬屋』で、『藍千堂』にも顔を見せてたとなりゃあ、昔、主が代替わりした時に絡んで、何か因縁があるんじゃねぇかと、踏んだんだが」

独り言のように呟いてから、岡はため息交じりに「まあいい」と、言った。

「色々、繋がってるのが見えてきただけでも、儲けもんだ。晴太郎、お手柄だ」

いいえ、そんな、と狼狽えた晴太郎を尻目に、幸次郎が口を開いた。

「『百瀬屋』さんに、直に伺ってみたらいかがです」

岡が、恨めし気に幸次郎を見返した。

「手前ぇの店にとって都合の悪いことを、あの主が言うと思うかい」

「しれっと、惚《とぼ》けるでしょうね」

幸次郎は、にべもない。

岡は、人差し指でこめかみを掻いた。

「どっちにしても、俺は下手に顔出せねぇ。つるんでるって思われてるからな。今、『百瀬屋』に足を向けたら、確かに見聞きしたことまで、疑われちまう」

「分かりました。では、手前が訊いてみましょう」

幸次郎が、造作もないことのように請け合った。

「おい」

岡が声を上げた。

「幸次郎、大丈夫なのかい」

晴太郎も、そろりと訊いた。

清右衛門叔父は、きっと惚けるだろう。そう言ったのは幸次郎だ。晴太郎も同じ考えである。ただでさえ難しいところへきて、少しずつ歩み寄っているとはいえ、未だ屈託のある間柄である幸次郎に、清右衛門叔父が会ってくれるかどうかも、怪しい。

けれど幸次郎は、にっこりと笑って頷いた。

「私に考えがあります」

次の日の昼飯時、お勝《かつ》が『藍千堂』へやってきたことに、晴太郎も茂市も、仰天した。

お勝はお糸の母、清右衛門叔父の女房だ。

涼しい顔の幸次郎が、言った。

「私がお招きしたんです。一度、叔母さんには義姉さんを引き合わせなければ、と思いまして」

晴太郎は、佐菜が忙しく立ち働く勝手の方へ目をやりながらぼやいた。佐菜の近くでは、さちが野菜を取ったり、箸を支度したり、母を懸命に手伝っているはずだ。

「どうも、佐菜が妙に昼飯に手を掛けてるなと、思ったんだ」

「おや、兄さん。仕事の最中《さなか》に、義姉さんを気にしてたんですか」

思わず、そんなことはない、と言いかけたが、晴太郎は思い直した。胸を張って言い返す。

「恋女房を気にしちゃあ悪いかい」

ぷっと、茂市が噴き出した。幸次郎が、落ち着き払って答える。

「構いませんよ。兄さんが、自ら『恋女房』と口にするほど、義姉さんに惚れ切ってるのは、もう分かっていますから。むしろ、それでも菓子は抜かりなく作ってくださっていることに、感心しているくらいです」

ぐふ、と茂市が妙な声を上げた。『藍千堂』の笑い上戸は、このやり取りが堪えられなかったらしい。

「楽しそうね」

ふいにお勝が声を掛けてきて、晴太郎と幸次郎は、叔母を見やった。

少し気まずげだけれど、柔らかな笑みにほっとして、晴太郎はお勝を促した。

「二階で昼飯にしませんか。少しの間、店を閉めますので」

お勝は、しきりに店の中を見回していた。

様子を確かめるというよりは、感慨深げな様子で、少し申し訳なさそうに、また少しほっとしているようにも見えた。

「いい、店だこと」

二階へ落ち着いてすぐ、お勝に言われ、誰より嬉しそうだったのは幸次郎だった。もっともそれは多分、長年共に暮らしてきた晴太郎と茂市にしか分からない程の、口許のゆるみのみであったけれど。

佐菜が支度した昼飯は、いつもよりも豪勢だった。

昆布を入れて炊いた飯に、黒胡麻と細かく砕いた焼き栗が混ぜ込んである。

蕪《かぶら》と里芋の煮物は、味噌仕立てで、唐辛子と青菜が添えられている。

それから、ゆずの皮が利いた剝き蜆《しじみ》と大根おろしの酢の物、汁物は豆腐の澄まし汁。

どれも、絵師だった佐菜らしく、彩り豊かに仕上がっている。

味は、晴太郎の折り紙付きだ。

少し、緊張した様子で挨拶をした佐菜へ、お勝は微笑んで頷き、「甥《おい》をよろしくたのみますよ」と応じてくれた。

　大人達の隠れた屈託を感じ取ったのだろう、佐菜の横にぴったり寄り添って、固くなっているさちにも、柔らかな笑みを向け、「おさっちゃんと、言うのよね」と声を掛けてくれた。

　お蔭で、さちの気は随分とほぐれたようだった。

　それから、出された膳をしげしげと眺め、呟いた。

「晴太郎、さんはいつもこんな豪勢な昼食《ちゅうじき》を摂っているの」

　思い出したように、「さん」をつけたお勝の呼び様に、晴太郎は少し笑った。

「前のように、晴太郎と呼んでください」

「そういう訳にもいかないでしょう。貴方《あなた》は、所帯も持った、立派な菓子司の主なのだから」

　なんだか、寂しいな。

　ふと思いながら、晴太郎は頷いた。それから話を戻す。

「佐菜が、叔母さんがいらっしゃると知って、張り切ったようです。俺は知らせて貰えなかったんですが」

　すかさず、幸次郎が言い返した。

「兄さんと茂市っつあんに知らせていたら、昨日から大騒ぎをしたでしょう。綺麗に片付け、掃除もまめにしているのに、やれ掃除だ、お勝叔母さんに出す菓子は何にするってね」

晴太郎と茂市は、顔を見合わせ、互いに肩を竦めた。

晴太郎が独り身だった頃、二階は、小豆や砂糖に干菓子の型を詰め込み、その隙間で、晴太郎達三人が寝ていた、つまりは物置を兼ねた寝間だったのだが、西の家へ移り住んでから、すぐ使う分だけ一階の作業場に置くことにして、他は西の家へすべて運び込んだ。

しばらくがらんどうだった二階の部屋は、先だって、客間に整えた。晴太郎も幸次郎も、常々、わざわざ訪ねてくれる贔屓《ひいき》客に店先で対するのは、申し訳ないと思っていたのだ。

お勝は、笑って言った。

「『藍千堂』さんの菓子は、時々頂いていますから、今日は結構よ」

晴太郎は、目を瞠《みは》った。

「え、叔母さんが、うちの菓子を」

「ええ」

菓子屋がほかの店の菓子の味を確かめることは、よくあることだ。晴太郎は、どちらかというと、ほかの店の味を気にするより、自分の菓子の味を確かめることの方が多いが、それでも、評判の菓子や、新しい店の菓子は食べてみることにしている。

菓子屋同士では、商売敵であれ、よくあることだ。

それでも晴太郎は嬉しかった。

どんな理由でも、袂を別《わか》ったお勝が、自分と茂市の菓子を食べてくれているのが、ありがたかった。

晴太郎は何も言えず、俯《うつむ》いた。

唇を噛んで、滲みそうになる涙を堪えていると、幸次郎が話を変えてくれた。

「ともかく、昼食にしましょう。せっかくの義姉さんの心づくしが冷めてしまう。おさちも手伝ってくれたんだよね」

幸次郎に声を掛けられ、さちは、顔を輝かせ、大きく頷いた。

目尻を下げた幸次郎を、お勝は珍しいものを見たような顔で、眺めていた。

昼食は、和やかに進んだ。

お勝は、佐菜の料理を褒めてくれた。

「お糸から、『うちのごはんよりおいしい』と聞かされていたけれど、本当ね」

「恐れ入ります」

佐菜が嬉しそうに頭を下げる。

さちに手伝わせ、佐菜が片付けに勝手へ下がったところで、幸次郎が切り出した。

「今日は、叔母さんに伺いたいことがあり、ご足労頂きました」

お勝が、頰を引き締め「ええ」と頷いた。

「お糸と関わりがあること、だとか」

確かめたお勝に、幸次郎が応じる。晴太郎は、話を進める役を幸次郎に任せ、やり取りを見守った。

「お糸が、盗人の手引きをしたと疑われていることはご存知ですか」

お勝は答えなかったが、固くなった顔つきが答えを伝えていた。幸次郎が続ける。

「私達も岡の旦那も、彦三郎さんの仲間、盗人の頭が、お糸を陥れようとしているのではないかと、見ています」

お勝の瞳が、「彦三郎」の名を耳にし、哀し気に揺れる。お糸だけではない、お勝も彦三郎を信頼していたことが、察せられた。

「それで、私に何を訊きたいの」

お勝が、僅かに強張った声で訊ねる。

「『椿屋』を、ご存知ですか」

お勝の顔色が変わった。

「なぜ、それを」

訊き返した声が、上擦り、引き攣《つ》っている。

幸次郎が、ここまでの経緯と、自分達の考えをかいつまんで伝え、言い添えた。

「『百瀬屋』さんと『椿屋』さんには、重い因縁があるのではありませんか。そして、佐十という盗賊は『椿屋』さんの縁者なのではありませんか」

お勝は、石になったかのように、長いこと黙っていた。

幸次郎は、お勝が口を開くのを待っている。

やがて、ふっと、お勝が肩の力を抜いた。

顔つきは随分と硬かったけれど、静かな声で告げた。

「お佐菜さんを呼んできてくれるかしら。お糸が、彦三郎さんのことでお世話になったお礼を伝えてなかったものね」

話を逸らされたのかと思ったが、お勝の目は、何か覚悟を決めたような色を纏《まと》っている。

立ち上がった晴太郎を、茂市が止めた。

「ここは、あっしが。おさち嬢ちゃまを誰かが見ていなけりゃ、いけやせんでしょう」

「おさちはひとりで大丈夫だよ。茂市っつあんにも、一緒に聞いて欲しい」

晴太郎の言葉に、幸次郎も頷いたが、茂市は笑って首を横へ振った。

「あっしが聞かせて頂いても構わねぇ話なら、後で教えてくだせぇやし。ここは、お勝さんと皆さん、差し向かいで話された方がいい」

遠慮をするというよりは、諭すように言われ、晴太郎は頷くしかなかった。

茂市が降りて行ってすぐに、佐菜が上がってきた。

お勝が、佐菜を見て微笑んだ。

「お糸が彦三郎さんを看取った時、ずっと側にいてくれたそうですね。礼を言います。甘やかして育てたあの娘《こ》には、とても抱えきれなかった」

佐菜は、静かに首を横へ振った。

「お糸さんは、とても御立派でした。彦三郎さんはああいう風に見送られて、幸せだったと思います。私の助けは、お糸さんにはきっと要らなかったでしょう」

お勝は、驚いたように佐菜を見たが、やがて自嘲気味に笑った。

「そうですか。親が思っているよりもずっと、あの娘はしっかりしているのかもしれないわね」

それから、お勝は笑みを収め、幸次郎と晴太郎を見比べ、語った。

「『椿屋』さんが潰れたのは、『百瀬屋』のせいなの」

お勝は、むしろ淡々と語った。

『椿屋』は、小豆問屋だったのだという。

晴太郎と幸次郎が、清右衛門叔父に『百瀬屋』を追い出されてすぐ、付き合いを始めた店なのだそうだ。

『椿屋』は、京橋近くにあった、こぢんまりした店で、小さな菓子屋やしるこ屋、居酒屋や総菜屋を相手にしていた。

この頃、清右衛門叔父は、新しい小豆の仕入れ先を探していた。

『伊勢屋』の砂糖と同じく、古い付き合いの豆問屋――小豆だけでなく、様々な豆を扱う、大きな問屋だ――との商いを止めたためだ。

それは、『伊勢屋』との経緯と違い、晴太郎とは関わりのないことだった。長く付き合ってきた。ただそれだけの理由《わけ》で、小豆を問屋の言い値でずっと仕入れてきた。質は申し分ないが、かなり割高ではあった。

それを、清右衛門叔父はずっと変えたかったが、先代――兄の清右衛門に憚《はばか》って言えずにいた。これはいい機会だと、考えた。

『椿屋』が、なかなか質のいい小豆を安値で卸していることを知った清右衛門叔父は、『椿屋』に商いを持ちかけた。

初め、『椿屋』はいい返事をしなかった。清右衛門叔父の言う量を揃えると、今まで付き合いのあった店には、小豆を売れなくなるからだ。

そこで清右衛門叔父は、『椿屋』の小豆を買っていた店すべてに無理矢理、仕入れ先を鞍替えさせた。金子と恫喝を使って。

客を失った『椿屋』は、『百瀬屋』だけに小豆を卸すより他なくなった。

それでも、『百瀬屋』がきちんと『椿屋』から小豆をまとめて買い取っているうちはよかった。

清右衛門叔父は、ある日突然、『椿屋』との商いを止めた。かつて商いをしていた店はどこも、今の商い先を変える気はないと言って、『椿屋』を見放した。

新しい卸し先を、いくら探しても、見つからなかった。

しるこの振り売りさえも、『椿屋』の申し出を断った。

ほとんど儲けがないところまで小豆の値を下げても、『椿屋』の小豆を買ってくれるところは、なかった。再び、清右衛門叔父が手を回したのだ。

ここまですらすらと話していたお勝が、ふと、言い淀んだ。

「それは、もっと割のいい問屋を見つけたからですか。いや、それなら、取引を止めるだけでいい。手を回して、『椿屋』さんを小豆の売り買いから締め出したのは、なぜですか」

幸次郎が、訊く。静かな分、底冷えのする声だ。

お勝は黙ったままだ。

「理由は、何です」

繰り返した幸次郎に、お勝が小さな間を空けて、ぽつりと答えた。

「『椿屋』さんが、『藍千堂』に小豆を分けようとしたから」

晴太郎は、息を呑んだ。

自分の、せい。

晴太郎が膝の上に置いた拳に、佐菜がそっと自分の手を重ねてくれた。

その柔らかさ、温かさに、締め付けられた胸が、ほんの少しだけ楽になる。

幸次郎は、落ち着いていた。

「うちは、『椿屋』さんから小豆を買ったことは、ありませんが」

「ええ。その前に、あのひとが気づいたの」

幸次郎が、小さな息をひとつ吐き、まるで他人事《ひとごと》のように、語る。

「『藍千堂』を始めてしばらく、小豆をどこからも買うことができませんでした。私が菓子屋であることを隠して、小さな八百屋や振り売りから少しずつ買い集めましたが、金子がかなり掛かってしまいましてね。見かねた『伊勢屋』さんが口を利いてくれるまで、大層苦労しましたよ」

お勝の視線が、弱々しくさ迷った。晴太郎は目で弟を咎《とが》めたが、幸次郎は気づかぬふりを決め込んでいる。

まったく、自分でお勝叔母さんを呼んでおいて、話の腰を折るなんて、どういうつもりなんだか。

晴太郎は、溜息を堪え、お勝を促した。

「私も、『椿屋』という小豆問屋は覚えがありません。どういうことなんですか」

ふ、と、気持ちを落ち着けるように小さく息を吐いて、お勝は打ち明けた。

「うちに小豆を卸すようになって、『椿屋』さんは商いにゆとりが出ていたの。そんなところに、『藍千堂』という新しい菓子司《つかさ》が、小豆が仕入れられずに困っているという話を聞いた。手元に残った小豆を、晴太郎さん達に分けようとしたのを、うちのひとが知った」

清右衛門叔父は、『椿屋』を責めも、脅しもしなかった。

いきなり、商いを止めた。

世間は、『椿屋』は『百瀬屋』と商いをするために、古馴染みの店を切り捨てた」と見ていた。『百瀬屋』とあくどい商いをしていた、と根も葉もない噂が広まった。

今更なんだ、『百瀬屋』に見捨てられて、いい気味だと、商いを持ち掛けるたびに、『椿屋』は罵《ののし》られたのだという。

『椿屋』は、満足な商いが出来なくなり、店を畳んだ。

幸次郎が、ぽつりと呟いた。

「『百瀬屋』さんと商いをしていた店が、どうして、うちに」

お勝が、淡々と答える。

「『椿屋』さんは知らなかったのよ。『百瀬屋』と『藍千堂』のこと。『藍千堂』という菓子司に、余った小豆を卸そうと思っていると、嬉しそうに言いに来たくらいですから」

「よりによって、一番言ってはいけない人に、言ってしまった訳ですね。間が悪いというか、人がいいというか」

幸次郎の言葉は酷《むご》いものだったが、その声には、申し訳なさと哀しさ、ありがたさが滲んでいた。

幸次郎が、冷ややかな物言いになって続ける。

「つまり、『椿屋』さんは、見せしめにされた訳ですね。『藍千堂』に手を貸したら、こういう目に遭うぞ、と」

お勝は唇を噛んで、黙している。

幸次郎が言った。

「なんだか、また腹が立ってきた」

晴太郎は、弟を窘めた。幸次郎は分かってますという風に言い返した。

「ええ。今は、お糸の疑いを晴らさなければいけません」

すると、お勝が、幸次郎と晴太郎に向かって、深々と頭を下げた。

晴太郎も驚いたが、幸次郎も戸惑った顔をしていた。

お勝は、いつも清右衛門叔父を立て、亭主の望みに寄り添ってきた。だから、清右衛門叔父が晴太郎達に詫びない限り、お勝もまた詫びることはない。その内心がどうだとしても。晴太郎も幸次郎も、お勝の気持ちは察している。きっとこれは、お勝ができる精一杯なのだ。

幸次郎が、お勝に向き直って、問う。

「佐十というお人は、『椿屋』さんにおいででしたか」

「よく、分からないの。私はあまり店のことには口を出さないから。ただ、跡取り息子はそんな名では、なかったけれど」

「そうですか」

考えながら、呟く。

もう少し、佐十と『椿屋』の関わりが分かればよかったのに。

だがここは、『椿屋』と『百瀬屋』の因縁が分かっただけでも、よしとしなければ。

これではっきりしたのだから。

『椿屋』の名を、あえて晴太郎達に聞かせた佐十の狙いは、『百瀬屋』だ。

ふいに、階下で騒がしい声が聞こえた。

晴太郎は幸次郎と顔を見合わせた。

佐菜が、「様子を見てまいります」と腰を浮かせたところへ、岡が階段を駆け上がってきた。

「おい、晴太郎、幸次郎――」

勢い込んだ岡が、お勝の姿を見て、ふ、と口を噤んだ。

幸次郎が訊ねる。

「岡の旦那、何かありましたか」

ちらりと、もう一度お勝を見てから、どかりと、胡坐を掻いて座った。

「ちっとばっかり、厄介なことになってきたぜ」

そう言って、懐から読売を引っ張り出した。

「これは――」

幸次郎が手を伸ばしかける。

岡が、低い声で告げた。

「ある大店の娘が、盗人に惚れた。色恋に目が眩んだ娘は、手前ぇの家にその盗人を引き込もうとした。そう書いてある。店の名も、娘や盗人の名も書いちゃいねぇ。だが、誰が読んでも『百瀬屋』とお糸のことだって、分かっちまう」

一旦止まった幸次郎の手が、急いで読売を取り上げた。

見るなり、眦が吊り上がった。

「この、挿絵」

「ああ。大店の看板。『百瀬屋』のもんだ」

晴太郎もお勝も、驚いて幸次郎の手にある読売を覗き込んだ。

柏餅の真ん中に刻まれた「百」の字。

百瀬屋の看板の意匠だ。菓子を入れる漆の井籠《せいろう》にも、同じ印を使っている。

ふいに、幸次郎が読売を握りつぶした。拳が、小刻みに震えている。

「一体、誰がこんなこと」

呻《うめ》くような幸次郎の呟き。

お糸の許婚《いいなずけ》だった彦三郎が盗人の引き込み役だった、ということは、ごく近しい者しか知らないはずだ。読売に書かれているような、奉行所のお糸への疑いも、岡がなんとか止めてくれている。

岡が、顎に手をやった。

「白椿の一味がまだ残ってたって、考えた方がいいな。その読売はえらく売れてる。遅かれ早かれ、『百瀬屋』とお糸の噂は、広まると思っていい」

お勝の身体が、ぐらりと傾いだ。

「お勝叔母さんっ」

支えようとした晴太郎を断り、お勝は畳に手を突いた。苦しそうに首に手をやっている。顔からはすっかり血の気が引いている。

「只今、水を」

佐菜が、すぐに立ち上がり、水を持ってきた。お勝は一気に飲み干し、そっと息を吐いた。

「済まないわね」

佐菜へ向けた言葉は、微かに震えていたが、顔色よりは随分と落ち着いていた。

「すべて、うちのひとの、身から出た錆。でも、矢面に立たされたのが、お糸だなんて
――」

「どういうこった」

岡が、厳しい顔で聞いた。

幸次郎をちらりと見ると、くしゃくしゃになった読売を睨み据えたままだ。今のお勝に語らせるのは、酷だろう。

晴太郎は、かいつまんで、お勝から聞いた話を岡に伝えた。

岡が、すぐさま立ち上がった。

「分かった。『椿屋』と佐十の関わりは、すぐに調べる。読売にこの話を漏らした奴も、

とっ捕まえてやる」

「旦那」

お勝が、縋《すが》るような目で岡を見た。

岡は、力強くお勝に頷いた。

「嫁入り前の娘に妙な傷がついちゃあいけねぇ。なるたけ早く火消しをしなきゃな」


次の日のことだった。

再び、お勝が『藍千堂』へ駆け込んできて、伝えた。

岡が、お糸を番屋へ連れて行った、と。

お勝は、泣きながら晴太郎と幸次郎に縋った。

「晴ちゃん、幸ちゃん、お糸を助けて。後生だから——」

幸次郎が、お勝に取りすがった。

「叔母さん、どこの番屋です」

「し、下谷の——」

聞くや、幸次郎は立ち上がった。

「ちょっと待て、幸次郎っ」

晴太郎は、慌てて弟の手首を捕えた。

「放してくださいっ」

ものすごい剣幕だが、晴太郎に怯んでいるゆとりはなかった。

「どこへ行くつもりだ」

「決まっています。すぐに下谷の番屋へ」

「お前が行って、どうなるもんでもないだろう。少し落ち着けったら」

「これが、落ち着いていられますか」

「いいから」

振り払おうとする幸次郎の手を必死で摑みながら、騒ぎを聞きつけ、作業場から飛んできた茂市に声を掛けた。

「西の家へ行って、佐菜を呼んできてもらえるかい、茂市っつあん」

狼狽え、泣くばかりのお勝もどうにかしなければならない。幸次郎にお勝、お糸のこと、晴太郎ひとりの手には余る。

茂市が、へい、と返事をして店を出たのを見て、晴太郎は改めて、幸次郎の両の手首を摑み、引っ張って無理矢理座らせた。

「お糸を助けたいんなら、頭を冷やせ。こういう時こそ、お前の知恵が入用なんだ」

ぴしりと叱ると、もがいていた幸次郎が、ふ、と大人しくなった。

珍しいものでも見たような顔で、幸次郎は晴太郎を見つめた。幸次郎の身体から、力が抜けた。

「すみません」

ぽつりと詫びたのを聞いて、晴太郎は、摑んでいた弟の手をそっと放した。

その手で、幸次郎が自分の顔を覆った。

指の隙間から、慟哭《どうこく》に似た言葉が押し出される。

「お糸と、彦三郎さんは好き合っているのだと、思っていました。二人の話を聞いて、一方《ひとかた》ならぬ絆を感じました。恋しい相手と死に別れたのなら、その面影も、別れの辛さも、お糸の中から一生消えないだろう、と」

晴太郎は、驚いた。

「幸次郎。お前、やっぱり――」

「好きですよ。お糸が大事です。見違えるように、強くなった。凛《りん》としたあの子は、とても眩しかった。この気持ちが、妹に対するようなものだろうが、男としてお糸を見ていようが、そんなことは、どうでもいい。私はお糸が、大事だ。だからこそ、そっとしておこうと思ったんです。今は、哀しさと辛さでいっぱいだろうから、少し離れて見守ってやろうと。そんな、やせ我慢の気遣いなぞ、するのじゃなかった。側にいれば、もっとお糸の話を聞いてやっていたら。ちゃんと、様子を気にしてやっていたら。岡の旦那の動きに気づけたかもしれない。逃がしてやれた」

荒い息を整えるように、幸次郎は一度、黙った。それから、吐き捨てるように呟いた。

「私は、馬鹿だ」

幸次郎の悔いが、痛かった。

こんな時に、幸次郎の気持ちが知れても、ほっとすることもできないし、喜ぶこともできない。

晴太郎は、泣きたい気持ちを堪え、弟に訊いた。

「番屋へ行って、お糸を連れ出すつもりだったのかい」

返事のないことが、返事だった。

幸次郎は、思いつめると突拍子もないことをしでかす。初恋の相手と再会した時も、そうだった。

晴太郎は、幸次郎を宥めた。

「今お糸を逃がしたら、余計こじれてしまうよ」

顔を覆っていた手を外し、幸次郎が晴太郎へ訴えた。

「ですが、兄さん。番屋だなんて。生まれた時から、大店で大切にされてきたあの娘に、耐えられるはずがない」

そこへ、佐菜がさちを連れ、やってきた。

泣いているお勝と、取り乱した幸次郎を見て、母娘は、とても良く似た顔で驚いた。

晴太郎がさちを預かると、佐菜はすぐにお勝を宥めてくれた。

「茂市っつあんは」

晴太郎が訊くと、お勝の背を擦りながら、佐菜は答えた。

「『百瀬屋』さんの様子を、見に行ってくださいました。聞けるなら、どんな様子でお糸さんが番屋へ連れていかれたのか、聞いてくる、と」

「そう」

さすが、茂市っつあんだな。一番落ち着いてるかもしれない。

そう思っていると、さちが晴太郎の膝の上から幸次郎の許へ移った。

「幸おじちゃん、どうしたの」

心配そうに顔を覗き込むさちへ、幸次郎は硬い顔でどうにか笑いかけ、膝の上に抱き上げた。

母親に似て、さちは優しいな。

晴太郎は、佐菜に頷きかけてから、幸次郎に向き直った。

「ちょっと、考えてみておくれ」

幸次郎が、晴太郎を見た。晴太郎は続けた。

「お糸が連れていかれたのは、下谷の番屋だろう」

「ええ」

「そこには、佐十さんがいる」

あっ、と幸次郎が声を上げた。

「お前ね」

晴太郎は、微苦笑交じりに弟を宥めた。

「だから、落ち着けって言ってるんだよ。こういうことは、いつもなら俺じゃなく、幸次郎が気づく話だろう」

　幸次郎の顔に、ゆっくりと落ち着きが戻って来る。思慮深い眼になり、ほんの小さな間、考え込むと、ぽつぽつと、呟いた。

「つまり、岡の旦那は、お糸と佐十という盗賊を引き合わせようとしている。そういう訳ですか」

　言葉が進むにつれて、幸次郎の顔つきが厳しくなっていく。

「無茶だ。相手は、『百瀬屋』を恨んでいる奴ですよ。盗人を束ねている男だ」

「昼日中《ひなか》の番屋だよ。岡の旦那だっている。それに、佐十さんは縛られてた。危ないことはない」

「心ない言葉を、ぶつけられるかもしれない。言葉で脅されるかもしれないでは、ありませんか」

　自分も、佐菜を助けたいと必死だった時は、こんな風だったのだろうか。少しくすぐったく、少し切なく感じながら、晴太郎は言った。

「ねぇ、考えてごらん。今のお糸だったらどうすると思う。そんな言葉に怯《おび》えて泣くかな。それとも、佐十さんと、彦三郎さんの話をしようとするか。あるいは、どうしてお糸を罪に引き入れようとしたのか問い詰める」

　言いながら、晴太郎は温かで楽しい思いがこみ上げてきて、ふふ、と小さく笑った。

　お糸が、佐十をひたと見据え、こんこんと説教をしている姿が目に浮かぶ。

「今頃は、こんなことをしてはいけないと、諭してるかもしれないなあ」

「何を、呑気な」

そう言い返した幸次郎の声は、随分と覇気がなかった。

「お前様」

佐菜が、そっと声を掛けてきた。

お勝は随分落ち着いたようだが、それでも顔色は悪い。

「うん」

晴太郎は、佐菜に応じた。

「それでも、お糸さんの様子は確かめた方がいいのではありませんか」

佐菜が、お勝に気遣うような視線をやりながら、言った。

「確かに、そうだね」

「お許しいただけるなら、私が見に行ってまいります。岡様がおいでなら、お顔くらいは見せていただけるでしょう」

それとなく、岡様や奉行所の方々の目論見も確かめてまいります。

目で、そんなことを伝えてくる。

さすが武家の出、腹が据わっているというか、怖いものなしというか。

晴太郎が、今度は佐菜を宥めなければ、と息を吸い込んだ時、茂市が戻ってきた。

茂市の話では、『百瀬屋』は、大変なことになっているという。

厳しく、何事にも揺るがない筈の主《あるじ》、清右衛門は、奥向きの自分の部屋に閉じこもって出てこない。内儀《ないぎ》のお勝は飛び出していったきり、戻ってこない。

番頭は、おろおろするばかりで、奉公人への指図もままならない。

そこへ、客の振りをした野次馬がやってきて、奉公人に話を聞こうとする。困った野次馬を追い払う、真面目な奉公人もいれば、声を潜めて主一家の噂をしだす不届き者もいた。

職人達は、清右衛門がいないこともあって、菓子作りが手に付かないようだ。とてもではないが、お糸がどんな風に連れていかれたのかは、聞き出せなかった。

「まずいな」

晴太郎が呟けば、幸次郎が、

「一体、叔父さんは奉公人にどういう躾《しつけ》をしているんでしょう」

と、呆れたように応じる。

晴太郎は、ちらりとお勝を見た。

本当はお勝が戻って、奉公人の手綱を締めるのが一番いい。

でも、茂市の話に心を動かされた様子もないところを見る限り、無理そうだ。

お糸のことで、頭がいっぱいらしい。

なんだかんだ言っても、叔父さんも叔母さんも、お糸が一番大事なんだな。

晴太郎は、迷いながら幸次郎を見た。

兄が何を言いたいのか、しっかり者の弟はすぐに察したらしい。苦虫を嚙み潰したような顔で、晴太郎から目を逸らした。

「幸次郎」

晴太郎が呼んでも、返事をしない。

もう一度、声を掛けようかと思った時、幸次郎が、すぐそばにいた茂市にさちを預け、勢いよく立ち上がった。

「行ってくれるかい」

静かに確かめた晴太郎を、幸次郎は顰め面で見下ろした。

「『百瀬屋』の連中がどこまで私の言うことを聞いてくれるか、分かりませんが。ともかく、下らない噂話だけはやめさせてきます」

晴太郎は、にっこりと笑った。

清右衛門叔父もお勝も、使い物にならない。番頭は元々、実直だが気弱な性分で、奉公人を厳しく纏めるのは、苦手だ。

元総領息子の晴太郎が行けば、『百瀬屋』の人間は慌てる。かえって面倒なことになりそうだ。それは幸次郎の立場でも大して変わりはないが、弟なら、慌てさせるまえに奉公人の手綱をしっかりと握ることができるだろう。

「頼んだよ」

晴太郎が言うと、幸次郎は、ふん、と鼻を鳴らした。

「『百瀬屋』さんの為じゃありません。お糸の為です。嫁入り前の娘に妙な傷をつける訳にはいきませんから」

思わず笑った晴太郎に、

「何がおかしいんです、兄さん」

と、幸次郎が嚙みついた。

だって、と晴太郎は応じる。

「岡の旦那と、おんなじことを言ったから」

刹那《せつな》、狼狽えた目をしたが、負けず嫌いの弟は、また鼻を鳴らした。

「覚えてませんね」

それから、真面目な顔になって、

「お糸を頼みます」

と言い置き、出て行った。

頼もしい弟の背中を見送ってから、晴太郎は佐菜に向き直った。

「番屋へは、俺が行くよ」

「お前様」

佐菜は、驚いたようだ。晴太郎が安心させるように頷きかける。

「ここは、お糸の従兄の俺がいかなきゃ。『藍千堂主』の看板も、少しは役に立つだろうし」

戸惑う女房に、晴太郎は笑いかけ、耳元で囁いた。

「ここは、亭主に花を持たせておくれ。誰より佐菜に、『頼りになる亭主だ』と思われたいからね」

佐菜が、微苦笑を浮かべながら、小さく頷いた。

晴太郎も頷き返し、立ち上がった。どこか不安そうな顔で、さちが晴太郎を見上げている。晴太郎は、さちの前にしゃがみ、前髪を整えてやりながら、語り掛けた。

「おさち。父《とと》さまはちょっと出かけて来るからね。おっかさんと茂市っつあん、それからこちらのお勝叔母さんを、頼んだよ」

すると、さちの顔から不安が消え、一生懸命な眼をして、「はい、父さま」と答えた。

可愛くて抱きしめたくなるのを堪え、茂市と佐菜、縋るような目をしているお勝に頷き掛けて、晴太郎は下谷の番屋へ向かった。

正直なところ、悋気《おじけ》づかなかったわけではない。晴太郎は相当な覚悟をしていた。

だからこそ、佐菜をそんなところへ行かせる訳にはいかない。そんなところへお糸を置いておく訳にもいかない。

道すがら、晴太郎は考え続けた。

岡や他の役人に、どう、お糸の申し開きをしよう。

佐十を、どう説き伏せよう。

それだけに、番屋の前で、岡とお糸が和やかに話しているのを見て、腰が砕けるかと思った。

「お糸、岡の旦那」

晴太郎が声を掛けると、二人が晴太郎へ振り向いた。

「おお、晴太郎」

「あら、晴太郎従兄《にい》さん」

揃った声は、やはり和やかだ。

岡が、晴太郎に告げる。

「丁度良かった。嬢ちゃんを『百瀬屋』まで送ってくれねぇか。どうせ『必死の覚悟』で迎えに来たんだろ」

「いえ、はい、その――。あの、旦那、これは一体どういうことです。お糸は帰していただけるのですか」

岡が、感じ入ったような溜息を吐き、にやりと笑った。

「帰《けえ》っていいぜ。詳しい話は、嬢ちゃんから直に聞きな。それにしても、この嬢ちゃんは大した胆力だ。女にしておくのは、勿体ねぇ」

お糸が、つん、と鼻を上へ向けた。

「あら。お褒め頂いてるようには聞こえませんけど、旦那」

「褒めてるんだよ。婿を取って奥に籠ってるより、店を切り盛りしてる方が合ってるってことさ」

　岡の言葉に、お糸が嬉しそうに笑った。

「それは確かに、一番の誉め言葉です」

「そうだろう」

　二人笑いあってから、岡がお糸を促した。

「早く帰ってやんな。みんな心配してるだろうからな」

「はい、そうさせて頂きます」

　二人は、仲良く話を終わらせようとしているが、晴太郎には何が何やら、まったく見えてこない。

「旦那。私には何が何やら」

　すると岡は、いたずらな顔をして告げた。

「道々嬢ちゃんに聞かせて貰え」

　じゃあな、と岡に急かされ、仕方なく晴太郎は、お糸と共に番屋を離れた。

「駕籠でも拾うかい。それとも猪牙《ちょき》を頼もうか」

「そんなことしたら、ゆっくり話ができないじゃないの」

　お糸はにっこり笑った。

「晴太郎従兄さんったら忘れたの。私はしょっちゅう、およねを置き去りにして、町を歩きまわっていたのよ」

そうだった。この「箱入り娘」は、とんだお転婆だったのだ。

晴太郎は、呆れ交じりの笑みをお糸へ向けた。

日本橋へ向かい始めてすぐ、お糸が口を開いた。

「私から、岡の旦那にお頼みしたの。番屋へ連れて行って欲しい、佐十と言う人に会わせて欲しいって」

岡は、晴太郎の時と同じように、無茶だとお糸を止めた。

だが、お糸は引かなかった。

どうしても、佐十に会わなければならない。そのためなら、「縄目を受けて番屋へ引っ立てられる」体《てい》でも構わない。

岡は初め、惚れた男のために必死なのだと思っていたようだ。

――嬢ちゃんの気持ちは分かるが、何をしたって、死んだ奴は帰ってこねぇよ。

いたわるように、お糸へそう言ったのだそうだ。

そうではない。これには『百瀬屋』の行く末が掛かっているのだとお糸に訴えられ、岡は気を変えたのだという。

読売屋に彦三郎とお糸のことを漏らした奴も、見つからない。佐十は頑なに「『百瀬屋』の総領娘も仲間だ」と言い張り、金子の在《あ》り処《か》も白状しない。

泥の沼に足が嵌《はま》ったように、物事が固まって動かない今、お糸に託すしか手はない。

大番屋で厳しいお調べが始まっても頑強に「『百瀬屋』の総領娘も仲間だ」と、佐十が言い続ければ、いずれお糸にも、探索の手が伸びる。

そうして、お糸は岡の手で番屋へ連れていかれた。佐十の仲間だと疑いが掛けられている者として。

「佐十って盗賊に会って、どうするつもりだったんだい」

晴太郎はお糸へ訊ねた。

お糸が静かに答える。

「まず、お詫びをしたかった。私が彦三郎さんを死なせてしまったから。佐十さんは、その私を恨んで、罪に引き込もうとしているのだと、思ったから。その上で、お願いしようと思ったの。彦三郎さんの命を奪った私が憎まれるのはしかたない。けれど『百瀬屋』は助けて欲しいって」

「お糸、お前――」

佐十を問い詰めるか、説教をしに行ったのだと、思っていた。だがお糸は、晴太郎が考えていたよりもずっと大人で、ずっと大変な覚悟をしていたのだ。

お糸が、ちょっと笑った。

「そうしたら、佐十さんは言ったの。恨んでいるのは、その『百瀬屋』だ、と」

そうして、晴太郎がお勝から聞かされたのと同じ『椿屋』との経緯を、佐十から聞かされた。

佐十は、優しいだけが取り柄、善人の父とそりが合わずに『椿屋』を飛び出した長男なのだそうだ。

店を失くし、裏切り者の誹《そし》りを受けたことに耐えられなかった父と母、それに弟は揃って命を絶った。

その経緯を、盗人の頭となった佐十が知ったのは、去年の春のことだったのだという。

口を噤んでしまったお糸を、晴太郎はそっと促した。

「それで」

お糸は、うん、と小さく頷き、言った。

「お詫びしたわ。心を込めて。どれだけ詫びても詫びきれない。けれどどうか、許して欲しい、と」

「佐十さんは、許してくれたかい」

痛みを堪えるように、ほんの少しの間息をつめてから、お糸はほろ苦く笑った。

「散々、罵られたわ。『お前があの店を背負って立つというなら、俺の恨みはお前にも向く』って、言われた。佐十さんの御身内が苦しんでいた時、当たり前のように贅沢をして、当たり前のように笑っていたのだろう、と」

お糸は多分、佐十の目を見、真正面から、すべての言葉とすべての憎しみを、受け止めた。お糸が今感じている痛みは、その時に受けた傷の名残だ。

晴太郎の脳裏に、一昨年、茂市がけがをした時に『藍千堂』へ詫びに来たお糸の姿が、浮かんだ。

てばかりいる。

あの時も、今度も、お糸の知らないところで起きたことだ。なのに、お糸は頭を下げ
「辛かったろう」

晴太郎は、ぽつりと呟いた。お糸は、さっぱりした、凜々《りり》しい顔つきで笑った。

「仕方ないわ。『百瀬屋』の主も内儀も詫びようとしないのなら、総領娘がやらなきゃいけないことだもの。それにね、佐十さん、仕舞いには許してくれたのよ」

晴太郎は、お糸の晴れやかな横顔を見つめた。

お糸を罵るだけ罵ってから、佐十は、ふと黙ったのだそうだ。しばらくお糸を見つめてから、不思議そうに訊ねた。

*

「お嬢さん、大の男、それも盗賊に怒鳴りつけられて、恐ろしくはないのかい。涙は出ないのかい」

お糸は、ちょっと笑って答えた。

「お嬢さんはやめてください。そんな年じゃありませんから」

「それでも、蝶よ花よで、大切に育てられたんだろうに」

「佐十さんの御身内を酷い目に遭わせた父が、我が娘に甘くすると思いますか」

「酷い言い様だな」

お糸は、佐十に小さく笑いかけた。

佐十が、呆れた顔になって、肩を落とした。

「お嬢さん、大した胆力だぜ。菓子屋の娘にしとくのは、勿体ねぇ」

お糸は胸を張った。

「私は、菓子屋『百瀬屋』の娘です」

それからお糸は、佐十に語った。

彦三郎と「『百瀬屋』をどう立て直すか」を、沢山話し合ったこと。それが、とても楽しかったこと。彦三郎は、今わの際に、自分の夢――『百瀬屋』をいい菓子司に戻して、お糸と一緒に盛り立てていきたかった――をお糸に託したこと。そして、彦三郎がお糸に遺してくれた、白餡の金鍔。

女子の心で好いているのとは違ったけれど、彦三郎はお糸にとって、とても大切な人だった。

佐十は、少し俯き加減で、黙って話を聞いていた。語り終えると、佐十は厳しい眼でお糸を見据えた。

「彦の奴との思い出は、それきりかい。お前さんの彦への思いは、ただ『とても大切な人』、そんなもんかい」

小さな間をおいて、佐十が続ける。

「あっしと彦は、長い付き合いでね。成り行きで身寄りのねぇあいつを拾ったんだが、雛が親鳥の後をくっついてくるように、彦はいつだって俺の側にいた。明日がどうなるか分からねぇ、盗人なんてぇ稼業に身を置いてると、兄弟よりも親子よりも、一味の繋がりは強く、深くなるもんでね。お前さんが今並べ立てた、ほんの短い間の綺麗ごとは、そんなあっしと彦との繋がりに勝るようなもんだったのかい。お嬢さんの綺麗ごとにあっしが負けたなんざ、認めねぇ。それは、あっしと彦との今までを、そっくり無かったことにするようなもんだ」

お糸は、胸が痛かった。佐十は彦三郎をとても大切に思っていた。その彦三郎を裏切らせたのは、お糸だ。自分が佐十から、彦三郎を奪った。

お糸は唇を噛んだ。申し訳なさに、かける言葉が見つからず、お糸はただ佐十を見つめた。

佐十が、ふ、と短い息を吐き悪戯《いたずら》な笑みを浮かべた。

「これほどきつい事を言っても、彦との思い出を貶《けな》しても、お嬢さんは怯まねぇ。あっしの思いも、正面から受け止めてくださる。その、勝気で真っ直ぐなとこに、あの野郎は惚れたんだなあ。あっしが町方にとっ捕まった甲斐があったってもんだ」

「佐十さん」

問うように名を呼んだお糸を、佐十は、人が変わった様な柔らかさで、眩し気に眺めた。

「あっしも彦も、こんな稼業だ。死ぬ覚悟はいつでもできてるんでさ。とっ捕まるのだって、悔しくはあるが怖かねぇ。それよりも、とっ捕まったおかげで、彦の奴が惚れたお嬢さんとこうして話せたことが、嬉しい。嬉しいねぇ、彦の惚れたおひとが、こんないい女だったなんて」

「佐十さん――」

「いくら、あっしが負けを認めねぇなんぞと吠えたって、彦の奴が選んだのは、お嬢さんの綺麗ごとだった。あいつ自身が選んだんなら、仕方ねぇやね。彦の気持ちが一番だ」

そうして、さっぱりした顔で、佐十は告げた。

「彦の奴は、楽しかったんでしょうねぇ。病で長くなかった命、最後の最後で、お嬢さんと綺麗に『生きる』ことができた。そんなひと時を与えて下すったお嬢さんを陥れたりしちゃあ、彦が化けて出て来るだろうなあ」

楽し気に笑ってから、ぽつり、ぽつりと佐十は打ち明けた。

「さっきは悪口雑言ぶつけちまったが、あっしは、お嬢さんを恨める筋合いじゃあねぇんだ。あっしが家を出てなきゃあ、あんなことにはならなかった。善人の二親と弟の目を覚ましてやれた。三人は、あっしが殺《あや》めたようなもんでさ。その負い目を、恨みに挿《す》げ替えてただけだ。あっしの手前勝手に巻き込んじまって、申し訳ねぇ。それから、彦の奴が世話をかけやした」

柱に括られたまま深々と頭を下げてから、「白椿の佐十」は岡へ向かって告げた。

お糸が仲間だというのは偽り、『百瀬屋』の一人娘は盗人一味とは何の関わりもない、と。

＊

晴太郎は、言葉を探した。色々探したけれど、

「よかったな」

としか、言えなかった。

お糸は、嬉しそうに、うん、と応じた。そして、ふと顔を曇らせ、呟いた。

「佐十さんは、助けてあげられないのよね」

晴太郎は、「そうだね」と低く応じた。

盗人は、十両盗めば死罪と聞いている。そもそも、盗もうが盗むまいが、他人様の住まいに押し入っただけで、死罪だとも。

お糸は、哀しそうな溜息を吐いてから、俯いていた顔を前へ向けなおした。

「それも、佐十さんが選んだ道ってことよね」

それは、お糸が自分に向かって言い聞かせているようだったから、晴太郎はもう一度、

「そうだね」とだけ、答えた。

お糸を連れて『百瀬屋』へ行くと、幸次郎が生き生きと店を取り纏めていた。お糸が戻ったと知り、清右衛門叔父が駆けだしてきた。目を真っ赤にし、お糸を抱きしめ、よかった、と繰り返した。見たことのない、いや、父が生きていた頃の叔父が、そこにいた。『百瀬屋』を勝手に仕切っていた幸次郎と、お糸を番屋から文字通り「連れて帰ってきた」だけの晴太郎へ、礼まで言った。

狐につままれた心地がした。

くすぐったい。嬉しい。そう思うよりもむしろ、妙な虫の知らせのようなものを感じて、晴太郎の心はざわついた。

幸次郎と『藍千堂』へ戻り、お勝に経緯をすべて伝えると、お勝は飛ぶように戻って行った。

その夜、さちを寝かしつけた後の西の家では、大人四人が集まってお糸の話でもちきりだった。

お糸の見事な振る舞いを聞いた茂市は嬉しそうで、佐菜は感心した様子だった。

幸次郎は、ほっとした顔をしていた。

翌朝、朝餉《あさげ》を済ませ、そろそろ店に出ようとしていた時、『百瀬屋』の番頭が飛び込んできた。

晴太郎と幸次郎を「坊ちゃま方」と呼んでしまうほど、狼狽えていた。

「お糸お嬢様が、すぐにおいで下さいと。どうかお助け下さいまし。一大事でございます。旦那様が、旦那様が――っ」

清右衛門が中気《ちゅうき》――頭に血が溢れる病で倒れた。

幸次郎と閉まったままの『百瀬屋』へ向かうと、店先では手代達が集まって、ひそひそと自分達の話にかまけている。

それを見た幸次郎が眦を吊り上げたので、晴太郎は、青い顔の番頭を励まして幸次郎と共に奉公人を落ち着かせるよう頼んだ。

奥向きの寝間では、清右衛門叔父が床《とこ》に横たわり、目を閉じていた。傍らにはお勝の姿があった。亭主の手を握り、「お前さん」と繰り返しながら泣いている。

ぎくりとしたが、僅かに上下する胸を見て、そっと安堵した。

叔父夫婦から、縁側の方へ少し離れて、お糸が座っている。

晴太郎は、お糸の傍らに腰を下ろした。

お糸は泣いてはいなかったが、顔が真っ青だ。

「ここ幾日かのうちに目を覚まさなければ、危ないって」

晴太郎に向けたお糸の声が、微かに震えていた。

膝の上で握りしめられていた白い手に、晴太郎はそっと触れた。

「晴太郎従兄さん」

「うん」

「お願いが、あるの」

「何だい」

お糸が、縋るように晴太郎を見た。

「大切なお客さんの誂え菓子、今日納めなきゃならないの。気難しい大身《たいしん》の御旗本で、約束を違えたり、妙な菓子をつくったりしたら、『百瀬屋』の身代がどうなるか分からない。普通の誂え菓子とは訳が違うの。お父っつあん抜きじゃあ――。うちの職人だけじゃあ、どうにもならない。お父っつあんの知らないうちに、『百瀬屋』を潰すわけにはいかないの。今までお父っつあんが、従兄さん達にしてきたことを考えたら、虫が良すぎる願いだって、分かってる。私にできることなら、何だってする。だから、どうかお願いします。『百瀬屋』を、助けて下さい」

畳に手を突いて、お糸が深々と頭を下げた。

清右衛門叔父は動かない。

お勝も、こちらを振り向こうとしない。

また、お糸がすべて背負うのか。

晴太郎は、哀しくて、腹立たしかった。

その気持ちのまま、立ち上がった。

「晴太郎従兄さん」

お糸が、縋るような目で晴太郎を見上げた。

晴太郎は、ちょっと笑って見せた。

「『百瀬屋』の職人を、貸してもらえるかい」

お糸の目が、輝いた。

「それじゃ——」

「どこまでできるか分からないけど。その誂え菓子と、今日の分の菓子は何とかするよ」

「恩に着ます」

お糸は、言葉を詰まらせながら、呟いた。

『百瀬屋』は江戸きっての上菓子の大店だが、菓子の工夫から味、形、材料の選定まで、すべて清右衛門叔父ひとりで手掛けていた。

お糸の話では、職人は、叔父の指図通りに動く者ばかりで、作業場を差配できる職人は、いないのだそうだ。

とはいえ、明日は『藍千堂』でも大切な客の誂え菓子の注文が入っている。

幸次郎が、仕上げに手代達へ厳しく指図をし、番頭を励ましてから、『藍千堂』へ戻って行った。

番頭も、明日以降の菓子の断りと詫びの為、慌ただしく店を出て行った。

晴太郎は、お糸を清右衛門叔父の許へ戻し、ひとり作業場へ向かった。

懐かしいけれど、辛い場所。

今は、材料も職人も作業場も、全ては、叔父がやりやすいように、ただ、それだけの為に揃えられているはずだ。

父の面影なぞ、欠片《かけら》も残っていないだろう。

作業場の入り口で、晴太郎は足を止め、ゆっくりと息を繰り返した。

一度、目を閉じ、十数えて、瞼を上げた。

よし。

作業場へ足を踏み入れると、所在なげに突っ立っていた職人達が、一斉に晴太郎を見た。

晴太郎は、にっこりと笑って、茂市に言うように告げた。

「さあ、始めようか」

初めのうちは、晴太郎が作業を始めても、職人は誰も動こうとしなかった。構わずひとりで進めるうち、ひとり、またひとりと、手伝い始めた。半刻もしないうち、すべての職人が、晴太郎の指図を待つようになった。

これは、思った以上、だな。

晴太郎は、零《こぼ》れそうになった溜息を堪えた。

技の差こそあれ、指図したことはしっかりこなす。

けれど、それだけだ。

次に何をすればいいかを、考えようとしない。作るものが分かっているのだから、すぐに動けそうなものなのだが。

些細なことまでこれでいいか、次は何をすればいいかと聞きに来る職人に答え、ぼんやりしている職人を見つけては、次にやることを伝える。

雪の嫁ぎ先、旗本松沢家へ柏餅を作りに行った時の勝手方の方が、幾倍もやりやすかった。

そんな愚痴を呑み込んで、晴太郎は件《くだん》の旗本の誂え菓子にとりかかった。

お糸から聞いた話では、その旗本の性分は、質実剛健で四角四面、無駄と遊びが嫌い、点《た》てる茶も、性分を絵にかいたような、真四角の味がするらしい。菓子の好みも同様だという。

真四角の味がする茶、ね。

言い様は、お糸らしくておかしかったが、一方で、お糸が客の性分や好みまで承知していることに、驚いた。

叔父が何を作るつもりだったのか、誰も知らなかったが、件の旗本はいつも、菓子帳を見ることなく、「『百瀬屋』に任せる」の一言で、茶会の誂え菓子を注文するそうだ。

『百瀬屋』に任せる。

その言葉が、たったひとつの頼りだ。

晴太郎は、思案した。

例えば、驚きだったり、喜びだったり、華やかな美しさだったり。そんな『藍千堂』の色は出せない。父がいた頃の『百瀬屋』の味でもない。

「真四角の味がする茶」に、ひたすら静かに寄り添う菓子でなければ。

一方で、季節を取り入れるのは、上菓子の定石だ。押しつけがましくなく、冬を菓子で表すには――。

晴太郎は、材料の置き場を見回した。

なかなか質のいい、白大角豆《しろささげ》が目に留まった。

清右衛門叔父にしては、随分材料を奮発したようだ。

客は、四角四面で、無駄が嫌い。捻ったものも、気に入らないだろう。

冬と言えば雪。叔父はそのつもりで、いい大角豆を仕入れておいたのかもしれない。

晴太郎は、夏に作った松沢家の誂え菓子を思い出して笑った。考えることは、俺も叔父さんも同じか。やっぱり身内同士だな。笑みを収め、近くにいた一番年若の職人に声を掛ける。

「寒天の下拵《したごしら》えは、してあるかい」

職人は、声をひっくり返しながら答えた。

「へ、へぇ。親方から指図されましたんで、昨日のうちに」

「見せて」

見せられた鍋には、丁寧にあくが抜かれた寒天が、並んでいた。

「上出来」

晴太郎の言葉に、職人が嬉しそうに笑った。

「よし。白羊羹にするよ」

告げると、職人達が一斉に、晴太郎を見た。

白羊羹は、砂糖と白大角豆と寒天でつくる。同じ白い色の羊羹でも、百合根や芋を使ったものより、舌触りが良く、大角豆ならではのうまみが味わえる。

ただその分誤魔化《ごまか》しが利かないし、何より、白い色の棹《さお》菓子は色が濁りやすく、雪のように仕上げるのは、幾度作っても難しい。

けれど晴太郎は、迷わなかった。

きっと叔父は、白羊羹にしようとしていたはずだから。

ただ。

晴太郎は、迷った。

先刻、味見をした砂糖、唐渡りの三盆白は、とてもではないが使いたくない。

三盆白は、砂糖の中でもっとも上等なもののはずなのに、雑味が気になるし、唐渡りならではのすっきりさが弱く、ぼやけた味だ。

ここは是非とも、『伊勢屋』から仕入れている、『藍千堂』の砂糖を使いたい。

ただ、それでは『百瀬屋』の菓子と言えるのかどうか。

その砂糖を『百瀬屋』の菓子に使うことを、伊勢屋総左衛門が許すかどうか。

そこへ、お糸が駆け込んできた。

「晴太郎従兄さん、これ、幸次郎従兄さんが」

重そうな包みを開けると、中身は砂糖だった。味見をしなくても分かる。

艶、白さ、香り。

『藍千堂』で使っている、唐渡りの三盆白だ。

お糸が、声を弾ませて告げる。

「足りなかったら、知らせてくれって。すぐに届けてくれるそうよ。それから、これ、晴太郎従兄さんに」

手渡されたのは、弟の生真面目な筆跡《て》で綴られた文だ。

――『伊勢屋』さんのことは、ご心配なく。万が一知れたら、『藍千堂』の主が手掛ける菓子に下手な砂糖は使えないと言ってやります。

晴太郎は、笑った。

笑いながら、白羊羹づくりに取り掛かった。

まず、白大角豆の下拵えからだ。選り分けが済んでいるのは助かった。

綺麗な白大角豆を石臼で荒く挽《ひ》き、熱い湯に浸してから、揉み洗いする。剝がれた皮をすべて取り除いてから釜で煮立て、煮汁を捨てる。その都度《つど》水を取り換えて、また煮立てる。これを繰り返し、あくを抜く。

あくが取れた大角豆に、新たに水を入れて豆が崩れるまで煮込み、擂《す》り潰す。水嚢《すいのう》で漉《こ》し取ったものを、木綿袋に入れ、締め木にかけて絞り、よく水気を切る。あくをしっかり抜いていれば、真っ白い、白大角豆の漉し粉の出来上がりだ。

これが、「白羊羹」の肝となる。

次に、砂糖と水を煮詰めたところへ、白大角豆の漉し粉を少しずつ入れて混ぜ合わせ、そこに、寒天を溶かして漉した汁を流しいれ、手早く練り合わせる。

この練りが、少しでも過ぎれば、真っ白には仕上がらなくなる。

晴太郎の、種を練る手を、職人達が固唾《かたず》を呑んで見守っていた。

落ち着いて頃合いを見計らい、羊羹舟へ流し込み、固まるのを待つ。

しっかり固まったところで一人分ずつの大きさに切り分け、晴太郎は小さく息を吐いた。

綺麗な白、綺麗な四角に仕上げた「白羊羹」を眺めながら、晴太郎は誰にともなく言った。

「先代なら、松葉の形に型抜きした羊羹でも乗せるだろうな。俺の店で出すなら、甘く煮た小豆を、固める前に幾粒か沈めておく。でも、当代清右衛門の菓子なら、このままだろう」

誰も、何も言わない。

けれど、晴太郎の「白羊羹」を食い入るように見つめる目の輝きが、菓子の出来映えを物語っていた。

清々しい気持ちで、晴太郎は微笑んだ。

晴太郎が『百瀬屋』の作業場を仕切ってから五日経った夕暮れ、お糸がくろを連れて西の家を訪ねた。

二日前、清右衛門叔父が目を覚ましたという知らせは届いていたが、見舞いは遠慮した。

中気は、怒らせたり疲れさせたりするのが、よくないという。少しずつわだかまりは溶けているとはいえ、幸次郎と晴太郎の顔は、今の清右衛門叔父にとって薬にはならないだろう。

お糸を居間に通してしばらく、お糸のことがほんの少し苦手だったはずのさちが、佐菜に背中を押され、お糸へ近づいた。後ろ手に隠していたものを、嬉しそうに「はい」と差し出す。

お糸は、目を丸くした。

さちの小さな手には、鮮やかな赤に色づいた実をつけた南天の枝を束ねたものが、握られていた。

「これを、私に」

お糸がさちに訊く。

「うん。庭でおっ母さんと、摘んだの」

佐菜が、笑み交じりで言い添える。

「おさちは、お糸さんに言われたことを覚えているの。もし何か友達にしてあげたいな、と思ったら、花を摘んであげればいいって。お糸さんは友達じゃないけれど、大好きだから、何かしてあげたいと、この子が言うものだから」

驚いていたお糸の顔が、暖かい笑みに綻《ほころ》んだ。さちの手から南天を受け取り、さちに話しかける。

「庭は寒かったでしょうに。ありがとう。とっても可愛くて、綺麗」

さちが、嬉しそうに笑って頷いた。

それから、佐菜の許へ戻り、小さな声で告げた。

「おっ母さん。お糸姉さま、怖くなかったよ」

お糸が、すまし顔で応じた。

「今のは聞こえなかったことにしてあげるわ」

茂市が、ぷぅっと、笑った。

それから皆で夕餉を取り、さちがくろと遊び疲れ、眠るのを待って、お糸が話を始めた。

膝の上には、丸くなってすやすやと眠る、黒い子猫がいる。

初めに、お糸は「白羊羹」の礼を言った。

気難しい旗本は、「今までで一番の菓子だ」と、大喜びしてくれたそうだ。

それから、お糸は、くろの小さな頭を撫でながら、淡々と打ち明けた。

「お父っつあんが倒れた日、ね。おっ母さん、番屋から戻された私の顔を見て、しばらくは、私が無事でよかったって泣いてたの」

ところが、人心地ついて怒りが込み上げてきたのだろうか、お勝は亭主を責め始めた。

清右衛門が『椿屋』にした因業が、巡り巡ってお糸に向いた。佐十という盗賊の頭は『椿屋』の身内だったというではないか、と。

――お糸が辛い思いをしたのは、何もかもお前さんのせいなんですよ。嫁入り前の娘が、盗人一味の手助けをしたと疑われ、読売に書き立てられ、挙句、番屋へ連れていかれるだなんて。

清右衛門は顔色を変えた。

――それじゃ、この騒動は、私が、撒いた種だと言う、のか、
言葉が、妙な風に途切れたと思った次の刹那、清右衛門は倒れた。

晴太郎は、静かにお糸を慰めた。

「でも、叔父さん、気づいてよかったじゃないか」

お糸は、何かを呑み込むように喉を鳴らして、晴太郎を見た。

「右手と右足が、利かなくなってしまったの」

しん、と辺りが静まり返った。

長く、重苦しい間をおいて、幸次郎が呻いた。

「何だって――」

「それだけじゃないの。中気のせいで、味もよく分からなくなってしまったみたい」

また、小さな間が空いた。

晴太郎がとても口にできなかったことを、お糸は無造作に言葉にした。

「お父っつあん、もう、菓子は作れない。職人を指図することもできない」

茂市が、泣いた。

お糸は、困ったように茂市を宥めた。

「いやね。茂市っつあんが泣くことじゃないわ」

清右衛門叔父が抜けたら、作業場を仕切る者のいない、頼りない職人しかいない『百瀬屋』は、一体どうなるのか。

晴太郎の心配をくみ取ったように、お糸が清々しい声で告げた。

「これから、うちは厳しくなるわ。職人と奉公人がね、大勢辞めていったの。お父っつあんがいないなら、『百瀬屋』にはいられないって。残ったのは、職人三人と番頭さんに手代がひとり」

声もない晴太郎と幸次郎を置いて、お糸はなんでもないことのように、続けた。

「私と彦三郎さんの読売のせいで、お客さんが離れてしまったから、手は足りるのだけれどね」

我に返った晴太郎は、急いで言った。

「岡の旦那は、あの読売に相当腹を立てていたよ。根も葉もねぇことを、勝手に書きたてやがって、ってね」

まあ、と呟き、お糸は笑った。

その笑いが、妙に他人事めいていたのが気になって、晴太郎が従妹を呼んだ。

「お糸」

「私は平気よ。今は土砂降りの雨だと思えば、平気。止まない雨はないもの。あの読売を高札に掲げてる訳でもなし、噂だってそのうち消えるわ。その間に『百瀬屋』を前のように、先代の伯父さんがやっていた頃のように、戻す支度をするの。読売のほとぼりが冷めたら、『百瀬屋』を立て直してみせる。お父っつあんが生きているうちに、従兄さん達がいた頃のような店を、見せてあげるの」

気づくと、晴太郎は口走っていた。

「だったら、幸次郎を手伝いにやろう。つきっきりは無理だけど、時折顔を出して商いを見るだけでも、随分違うだろう。俺も、菓子作りの様子を見に——」

「いい」

驚くほどきっぱりと、お糸に言葉を遮られ、晴太郎は黙った。

お糸の顔は静かで、涙も迷いもない。

「これは、私がやらなければいけないこと。彦三郎さんと約束したのだから。幸次郎従兄さんの助けは借りない」

名指しされ、幸次郎が痛みを堪えるように、唇を噛んだ。

お糸が、静かな瞳で幸次郎を見る。

ぴんと背筋を伸ばし、静かに、けれどきっぱりと告げた。

「幸次郎従兄さんに、お願いがあるの。昔、父と母が決めた、許婚の話。今更かもしれないけれど、改めてお断りさせてください」

「お糸、ちょっと待って」

晴太郎は、堪らずお糸を遮った。お糸が、晴太郎へ視線を移す。まっすぐな目には涙の欠片もなく。

「それは、彦三郎さんの為かい」

訊いた晴太郎に、お糸はほんのりと笑った。

「彦三郎さんね。私を、好きだったんですって。こんな気が強くて可愛げのない私を、あのひとは好いてくれた。これがどんな気持ちでも、あのひとと過ごすひと時は、とても楽しくて、幸せだった。だから、あのひとのために。少しでも、あの世のあのひとに『好いてよかった』と思ってもらえるように。『百瀬屋』は、私の手で建て直す。ねぇ、従兄さん達は知っているかしら。弧が逆さに出る、逆さ虹。寒い時に見えることがあるんですって。どんなに寒い時にも、虹は出るの。きっと、私にも見えるって信じてる。土砂降りの雨の後、冷えた空に浮かぶ綺麗な虹。それを見るまで、くじけない、泣かないって、決めたの。だから」

「でもね、お糸――」

「お前様」

晴太郎は佐菜に窘められ、口を噤んだ。

いたたまれない静けさを破ったのは、幸次郎だった。

「分かった」

お糸によく似た、静かで真っ直ぐな声で答えた。

お糸が、ふんわりと笑った。

「ありがとう」

それから、帰ろうとしたお糸を、茂市が送ると申し出てくれた。

お糸を茂市に頼み、見送ってから、晴太郎は幸次郎に訊いた。

「幸次郎、お前、これでいいのかい。お糸はまだお前のことを」

お糸は、多分幸次郎を、変わらず想っている。

佐菜と知り合ってから、なんとなくわかるようになった。あのお糸の目は、幸次郎を忘れていない目だ。

幸次郎は穏やかに笑った。

「分かってますよ、兄さん」

「だったら」

「だから、待ちます。お糸の気が済むまで。今まで、さんざ私が待たせたんだ。だから今度は私の番です」

晴太郎は、幸次郎を見つめた。

お糸の気持ちは、分かる。

彦三郎に申し訳なくて、幸次郎への想いを自分の裡に閉じ込めることにした。

でも、これからお糸を待っているのは、きっと辛い道だ。

そういう時こそ、幸次郎の助けがいるのではないか。

せっかく、二人の想いが、もう少しで通じ合うところなのに。

でも。

晴太郎は、細く長い息を吐き出して、告げた。

「俺が口を挟むことじゃないね。幸次郎の気の済むように」

幸次郎が、朗らかに笑って頷いた。

「幸い、半ば諦めていた兄さんが、江戸で一番の嫁御を貰ってくれたんですから、『藍千堂』は安泰だ。私はお糸をのんびり待たせて貰います」

晴太郎は、沈んだ気分を無理矢理引き上げ、胸を張った。

「馬鹿を言うな。佐菜は江戸で一番なんかじゃない、三国一だ」

「お前様。幸次郎さんも、止してくださいな」

佐菜が、頰を染めた。

晴太郎は、幸次郎と笑いあった。

この輪の中に、いつかお糸も入れればいい。
そんな風に願いながら。

解説

細谷正充

日本人はランキングが好きだ。テレビのバラエティ番組には、さまざまな形でランキングを扱ったものが少なからずある。また小説・映画・漫画などの年間ベストも多数実行されているが、これもランキングといっていいだろう。

このようなランキングは、江戸時代にもあった。見立て番付だ。相撲の番付を真似たランキング表である。森羅万象といっては大袈裟だが、いろいろなものが番付になり、江戸の庶民の話題になっていた。もちろん、その中には菓子司番付もある。この物語の舞台である「藍千堂」が実在していたら、きっと菓子司番付の大関（当時の最高位）を獲得したのではないか。それほど「藍千堂」の作る菓子は、美味しそうなのだ。

本書『あなたのためなら 藍千堂菓子噺』は、『甘いもんでもおひとつ』『晴れの日には』に続く、「藍千堂菓子噺」シリーズの第三弾だ。全五話が収録されている。「遣らずの雨」「袖笠雨」は、それぞれ「オール讀物」二〇一七年二月号と六月号に掲載。残りの三篇は、書き下ろしである。単行本は、二〇一九年一月に刊行された。なお各話のタイトルは、すべて〝雨〟に関係している。こういうちょっとしたところに、作者のセンスのよさを感じるのだ。

神田相生町の片隅に上菓子司の「藍千堂」がある。菓子を作っているのは、主の晴太郎と、彼の父親の代からの職人の茂市。晴太郎は上菓子とは別に、〝子供や日々の暮らしにゆとりのない人々にも、「甘いもん」でひと時、幸せな気持ちになって欲しかった〟と思い、四文菓子などを作ったりする。天才肌の職人で、善良な性格であるが、経営能力はない。そんな晴太郎を支えているのが、弟の幸次郎だ。算盤勘定から贔屓先回りまで、菓子作り以外の一切を取り仕切っている。性格はきついが、兄弟の仲は良好だ。

今までは三人で回していた「藍千堂」だが、前作で晴太郎は、武家の出で絵師をしていた佐菜と結婚。ある事情があり、佐菜の連れ子のさちを、自分の子供として育てている。詳しいことを知りたい人は、前作を読むといいだろう。五人になり店での暮らしが手狭になり、「藍千堂」の近くに新たな家を借りた。

という状況から、第一話「遣らずの雨」は始まる。新婚の晴太郎と佐菜は幸せいっぱい。彼らの描写は砂糖増量といいたくなるほど甘々である。さちもみんなから大切にされる今の暮らしに満足していた。だが、なかなか晴太郎のことを「お父っつあん」と呼ぶことができない。しかもさちの様子がおかしくなり、晴太郎に打ち明け話をした翌日、姿が見当たらなくなるのだった。

行方不明の騒動はささいなものであり、さちの悩みも晴太郎たちと話すことで解決する。しかし「藍千堂」の面々にとっては重大事件だ。特に、いきなり新米パパになった晴太郎は焦る。〝生きた心地がしない、という気持ちを、晴太郎は生まれて初めて味わった〟という一文に、彼の気持ちが込められている。だが、これが親心というものなのだろう。騒動を経て、親子の絆を強めていく姿が、温かな読みどころになっているのだ。

第二話「袖笠雨」は、大身旗本・松沢家のゴタゴタに、晴太郎たちが巻き込まれる。松沢家の跡取り荘三郎と、『氷柱《つらら》姫』と呼ばれていた雪との結婚に一役買ってから、「藍千堂」と松沢家の付き合いは続いていた。しかし雪が、ひとりで「藍千堂」にやって来るとは異常事態である。どうやら夫と喧嘩したらしいのだが、原因は説明してもらえない。行き場がないという雪を、晴太郎たちは世話することになる。鴛鴦《おしどり》夫婦の間に何があったのか。分かってみれば、可愛らしい話だ。だが「遣らずの雨」から続けて読むと、新たな家族の形を作るには、互いに大切に思うだけでなく、きちんと自分の思うところを伝えなければいけないという、作者の主張が見えてくる。家族関係が希薄になっている今だからこそ、真剣に受け止めたい物語だ。

その一方で晴太郎の、わらび餅の工夫に悩む姿が描かれている。何か思いつこうとする度に邪魔が入る展開が妙に可笑しい。あれこれ考えることがあるのに、つい菓子の工夫にこだわってしまう晴太郎の、職人ぶりが愉快である。そして、ついに作った「変わりわらび餅」が、実に美味しそう。一日の用事が片付いた夜に本を開く人がいると思うが、本シリーズに関しては注意が必要。だって読んでいると、たまらなく菓子が食べたくなるからだ。

また、ストーリーの途中で「藍千堂」に、どこか訳ありらしい人物が現れる。これはその後の話に繋がっていく。作者のシリーズ物は、連作のスタイルを取りながら、全体を貫く趣向を織り込むことが多い。本シリーズもそうだ。もう少し、詳しく述べよう。シリーズの開始を告げた『甘いもんでもおひとつ』は、「藍千堂」と、江戸屈指の上菓子司「百瀬屋」の確執が、全体を貫く趣向になっている。そもそも「百瀬屋」は、晴太郎・幸次郎の父親が創業した店だった。しかし父親が、大八車の前に飛び出した通りすがりの子供を庇って死ぬと、母親も後を追うように身体を壊して亡くなった。その後、叔父に「百瀬屋」を乗っ取られ、行き場をなくした晴太郎・幸次郎は、かつて「百瀬屋」で働き、今は小さな菓子司をやっている茂市を頼る。ふたりは茂市に雇ってもらうつもりだったが、店を譲られ、彼は晴太郎の下で職人として働くようになった。かくして「藍千堂」が開店したのだ。だが「百瀬屋」の「藍千堂」に対する嫌がらせが、執拗に続く。幸次郎と叔父の娘のお糸が一緒になる話もあったが、当然のごとくなくなる。もっともお糸は勝気で、親の意向を気にすることなく「藍千堂」に出入りしていた。それにしても叔父はなぜ、そこまで「藍千堂」を憎むのか。ラストで叔父の、苦い蟠《わだかま》りが判明し、少しだけ「藍千堂」と「百瀬屋」の関係は改善される。

第二弾『晴れの日には』では、佐菜と出会い惚れ込んだ晴太郎が、彼女の抱える事情をなんとかしようと、いつもの面々と奮闘する。こうした趣向が、ページを捲らせる、強いモチベーションを生み出すのだ。

では本書の趣向は何か。第三話「狐の嫁入り」から、ようやく露わになっていく。お糸に婿取り話が起こり、彦三郎という男が「百瀬屋」に出入りするようになる。彦三郎に惹かれるお糸だが、一方で、あまりに「百瀬屋」の内情に詳しい彼のことを疑うのだった。

はたして彦三郎とは何者か。ああ、このネタを使ってきたのかと感心。ミステリー好きの作者らしい正体だ。そして後半の展開に驚くことになる。南町定廻同心の岡丈五郎や、元御典医の久利庵といった、シリーズでお馴染みの脇役(その他に、薬種問屋の主の伊勢屋総左衛門もいるが、本書では影が薄い。残念)を配して、意外な方向にストーリーを進ませるのだ。

さらに、この話でのお糸の行動が、第五話「逆さ虹」で、彼女を窮地に追い込むことになる。えっ、第四話「通り雨」は、どうしたって? こちらは茂市の半生を描いた、シリーズ番外篇なのだ。実直な菓子職人で笑い上戸。かつての主人の息子たちのために店を譲った忠義者。物語の彩りだった茂市にも、たしかな人生があった。職を転々としているうちに菓子司で働くようになり、菓子職人になりたいと思う。しかし職人ではなく下働きの身では不可能だ。ところが晴太郎たちの父親と出会い、夢が叶う。やがて「百瀬屋」からの独立を勧められ店を開くが、みんなでワイワイ菓子作りをしていた頃が忘れられない。だから晴太郎たちと菓子作りをしている今が幸せなのだ。いきなり茂市のエピソードが挟まれた理由は分からないが、家族の形（現在の「藍千堂」は新たな家族の形を示している）を表現するためだろうか。ともあれ今の茂市が幸せなので、読んでいるこちらまで嬉しくなる。こういう話があると、シリーズに厚みが生まれ、物語世界をさらに深く愛せるようになるのだ。

話を「逆さ虹」に戻そう。世間に悪評を撒かれ、いわれなき罪まで疑われるお糸。彼女を心配する晴太郎たちは、なんとかしようと奔走。幸次郎のお糸に対する気持ちも明らかになる。しかし事態を打開するのはお糸自身だ。彼女は何をしたのか。どうか読んで、お糸に託した作者の、人間に対する信頼を確認してほしい。また、「遣らずの雨」でお糸がさちに話した、菓子司の総領娘の心得が、彼女の行動と響き合う。こうしたストーリーの巧さも、注目ポイントである。

ファンには周知の事実だが、作者はシリーズ物が多い。その中でも人気の高いのが、「鯖猫長屋ふしぎ草紙」と「藍千堂菓子噺」シリーズだ。田牧大和シリーズ作品番付があれば、東西の大関となることだろう。しかし「鯖猫長屋ふしぎ草紙」シリーズが、二〇二一年現在、九巻を数えるのに対して、本シリーズは三巻である。本書のラストから、幾らでも新たなエピソードが作れるはずだ。幸次郎とお糸の関係が、どうなるかも気になる。だから、そろそろ四巻を期待したいのである。私たちは作者が提供する、「藍千堂」シリーズの優しい味わいを、待ち望んでいるのだ。

（文藝評論家）

初出「オール讀物」
遣らずの雨　二〇一七年二月号
袖笠雨　二〇一七年六月号
その他は単行本刊行時の書下ろしです

単行本　二〇一九年一月　文藝春秋刊

DTP制作　エヴリ・シンク

文春文庫

定価はカバーに
表示してあります

あなたのためなら

藍千堂《あいせんどう》菓《か》子噺《しばなし》

2021年6月10日　第1刷

著　者　田《た》牧《まき》大和《やまと》
発行者　花田朋子
発行所　株式会社 文藝春秋

東京都千代田区紀尾井町 3-23　〒102-8008
TEL 03・3265・1211(代)
文藝春秋ホームページ　http://www.bunshun.co.jp

落丁、乱丁本は、お手数ですが小社製作部宛お送り下さい。送料小社負担でお取替致します。

印刷製本・凸版印刷

Printed in Japan
ISBN978-4-16-791704-3

（　）内は解説者。品切の節はご容赦下さい。

高殿　円
剣と紅
戦国の女領主・井伊直虎
徳川四天王・井伊直政の養母にして、遠州錯乱の時代に一命を賭して井伊家を守り抜いた傑女。二〇一七年NHK大河ドラマにもなった井伊直虎の、比類なき激動の人生！　（末國善己）
た-95-1

高殿　円
主君
井伊の赤鬼・直政伝
お前の〝主君〟はだれだ？　井伊家再興の星として出世階段を駆け上る井伊直政。命知らずの直政に振り回されながら傍で見守り続けた木俣守勝の目からその生涯を描く。　（小林直己）
た-95-2

田牧大和
甘いもんでもおひとつ
藍千堂菓子噺
菓子職人の兄・晴太郎と商才に長けた弟・幸次郎。次々と降りかかる難問奇問に、知恵と工夫と駆け引きで和菓子屋を切り盛りする。和菓子を通じて、江戸の四季と人情を描く。　（大矢博子）
た-98-1

田牧大和
晴れの日には
藍千堂菓子噺
菓子バカの晴太郎が恋をした!?　ところが惚れた相手の元夫は、奉行所を牛耳る大悪党。前途多難な恋の行方に不穏な影が忍び寄る。著者オリジナルの和菓子にもほっこり。　（姜　尚美）
た-98-2

津本　陽
薩南示現流《じげん》
勇猛とおそれられた示現流開祖・東郷重位の妥協を許さぬ一生を描いた表題作ほか、示現流達人たちの太刀風を骨太に綴った剣豪小説集。〝不敗の剣法〟示現流ここにあり。　（武蔵野次郎）
つ-4-56

津本　陽
信長影絵　（上下）
すべては母に疎まれたことから始まった――。渇いた心が信長を天下統一に駆り立てた。『下天は夢か』から四半世紀、より深い人間解釈で描かれた、津本文学の集大成。　（末國善己）
つ-4-70

津本　陽
剣豪夜話
剣道三段、抜刀道五段の著者が描く武人の魂。歴史に名を刻んだ剣豪、現代に生きる伝説的な武人。その壮絶な技と人生を通じて、日本人の武とは何かを考える、著者最後となる一冊。
つ-4-72

（　）内は解説者。品切の節はご容赦下さい。

葉室　麟
恋しぐれ
老境を迎えた与謝蕪村。俳人、画家として名も定まり、よき友人や弟子たちに囲まれ、悠々自適に暮らす彼に訪れた最後の恋。新たな蕪村像を描いた意欲作。（内藤麻里子）
は-36-4

葉室　麟
無双の花
関ヶ原の戦いで西軍に与しながら、旧領に復することのできたただ一人の大名・立花宗茂。九州大友家を支える高橋紹運の嫡男、宗茂の波乱万丈の一生を描いた傑作。（植野かおり）
は-36-6

葉室　麟
山桜記
命の危険を顧みず、男は妻のため出兵先の朝鮮半島から日本へ還る（「汐の恋文」）。大名の座を捨て、男は妻と添い遂げた（「花の陰」）。戦国時代の秘められた情愛を描く珠玉の短編集。（澤田瞳子）
は-36-7

葉室　麟
影踏み鬼
新撰組篠原泰之進日録
伊東甲子太郎を慕い新撰組に入隊、後に赤報隊に身を投じた久留米藩脱藩隊士、篠原泰之進。彼の目を通して見た新撰組の隆盛と凋落。（朝井まかて）
は-36-8

安部龍太郎・伊東　潤・佐藤賢一
葉室　麟・山本兼一
合戦の日本史
当代きっての歴史小説家五人が、日本史を大きく変えた、桶狭間の戦いから幕末維新の戦いまでを徹底的に分析した大座談会をここに収録！
は-36-51

畠中《はたけなか》　恵
まんまこと
江戸は神田、玄関で揉め事の裁定をする町名主の跡取・麻之助。このお気楽ものが、支配町から上がってくる難問奇問に幼馴染の色男・清十郎、堅物・吉五郎と取り組むのだが……。（吉田伸子）
は-37-1

畠中　恵
こいしり
町名主名代ぶりは板についてきたものの、淡い想いの行方は皆目見当がつかない麻之助。両国の危ないおニイさんたちも活躍する、大好評「まんまこと」シリーズ第二弾。（細谷正充）
は-37-2